书城故事

Shu Cheng Gu Shi

吕品品 主编
那澜 李润 著

山东文艺出版社

目录

新华字典	001
如果忘记是终点	025
星星点灯	057
三个爸爸	089
东方有明星	113
一个叫哈娜的女人	145
繁　衍	171
刚刚好女孩	199
当你老了	225
期　待	247

新华字典

THE BOOK THE BOOKSTORE

字典里,可以看到那时候,人们就是这样说话、写文章。字典就勾勒着一个时代。

——第一本《新华字典》主编,魏建功

（一）

> 我们在魏家的大厅屋中草拟新字典的构想……城外传来的炮声仿佛给我们打击节拍，我们当时想不到所拟字典的前途，但有一个信念：……危险在于文盲和无知，语言文字是普及教育的工具，字典是语言文字的工具。

——金克木

中午，日头正盛。新华书店里人不多。空调嗡嗡响着。

老贾难得困倦，盯着进货单不住地"点头"。

"老师儿，有最新版的《新华字典》吗？"一个六十多岁的老人轻轻敲了敲台面，哑声问道。

"有。2020年第12版。"老贾回过神来，起身给顾客找字典，"真不好意思，天热，我这还瞌睡上了。"

"嗨，都有打盹儿的时候。"老人接过字典，熟练地翻看了版权页，又问，"老师儿，我是想问您个事儿。您说，1971年6月修订第1版的《新华字典》是不是不好找了？就是商务印书馆出版，山东省新华书店发行，山东新华印刷厂印刷，1971年9月，济南第8次印刷的那一版。我想要本新的。您说，能找到吗？"

"您记得可真清楚。这么老的版本，全新的，可真不好找了。"老贾回忆了一下，"《新华字典》最早的名字叫《伍记小字典》，不过那个版本没能编完。1953年重编，是人民教育出版社出版的，出过两版。1957年商务印书馆开始出版《新华字典》，这版作为第一版。到现在，历经几代上百名专家学者十余次大规模地修订，到2020年，出版的是第12版，其实算起来，是第15版了。"

"您也是个行家。"老爷子笑起来。

老贾不好意思地笑了，说："您过奖了，干了一辈子了，多少得知道点儿。您说的1971年6月修订第1版，其实是在商务印书馆1965年第4版之后出版的，但这一版没有按版次顺序称为第5版，而是单独称为修订第1版，业内一般称1971年修订重排本。是这么回事儿吧？"

"是，就是这本儿。那您说，咱们山东省新华书店，或者新华印刷厂还能找到新的吗？我就想要本新的。"

"您这是要收藏？"

老人摇了摇头，说："我要送给……我的爱人，她过生日。"

"爱人？"老贾笑了。

老人不好意思起来，黑膛面孔有点儿泛红，说："嗨，老了。"他顿了顿，低头仿佛自言自语，"越老越觉得时间可贵，就越是什么事儿都不肯错过，生怕一错过，就是一辈子。"

这事儿，老贾没再多问，却一直挂在心上。第二天晨会上，他犹豫了下，还是提了出来，说："要不咱们想想办法，帮帮这位顾客？我留了老爷子的联系方式了。"

小舒快人快语，说："师父，过生日跟《新华字典》有什么关系？我看那人八成就是搞收藏的，忽悠您帮他找书呢。"

"爱人，多浪漫的说法。"难得严子龙也肯发言。

"是啊，这年头，很多年轻人都不相信爱情了，追求爱情那都得知天命以后。"

"开会呢。"老贾不高兴了，"我看老先生挺诚挚的。"

"顾客的事儿，多小都是大事儿。老贾，这事儿你跟上吧，问问情况，帮老人联系下。"方林拍板做了决定。

"咱新华书店是没别的业务了吗，咋天天给人找书呢？"小舒不舍得师父辛苦，又上赶着找批评。

"咱们不就是做图书行业服务工作的，到现在还没转变理念？"

"转了转了！"小舒立刻投降，生怕表态慢了方经理又上纲上线，"我是书店的一块砖，哪里需要往哪搬。我是顾客的解语花，哪里困难往哪安！"

老贾笑了，说："那赶紧行动吧，解语花！"

小舒和老贾联系了老先生，老先生邀请二人去他家坐坐。

老先生叫刘方，住在某大学的教职工公寓里。小舒看着他从柜子里拖出一个老旧的箱子，箱子打开后，里面竟是满满一箱子的《新华字典》！

"我就说您是搞收藏的嘛，您还不承认！"

老先生抚摸着那些《新华字典》，说："这些都是我送给我爱人的。"

老先生说着，取出一本破旧的老字典。书封是塑料的，已经老化，原本深蓝的颜色褪色成了乌糟糟的灰色。字典似乎被翻看了无数遍，侧面、书页的破损处都被仔细地贴补、修整过。老先生小心翼翼地翻开，字典的第一页上写着毛主席语录：领导我们事业的核心力量是中国共产党。指导我们思想的理论基础是马克思列宁主义。版权页上清晰地写着：1971年6月修订第1版，商务印书馆出版，山东省新华书店发行，山东新华印刷厂印刷，1971年9月济南第8次印刷。

"我送给她的第一本《新华字典》，就是这个版本。"

"不是这本？"

"不是。"

随着这本字典的翻开，小舒和老贾被带到了20世纪70年代初的沂南。

这本字典的主人叫袁二喜，来自沂南山区，正是这个故事的主角。那一年，她十三岁。

彼时的沂南山区，大山灰沉黯淡，层层叠叠，一眼看不到头，猛烈的日头明晃晃、没遮没拦地倒下来，只有山的影子彼此压制，更压抑得让人喘不过气来。

夜晚，袁家不大的院子里非常暗沉，院子一角，堆放着陈旧的木匠工具。几个孩子蹲在月亮地里喝着清汤寡水的野菜粥。三弟和小妹妹没吃饱，为了半个知了猴满院子追着打，小妹眼睁睁着那一半知了猴被哥哥吃了，站在院子里嘤嘤哭出了声。大哥蹲在门口不吭声，三弟呼噜噜地喝着粥。

袁木匠从屋里出来，掀开水缸盖灌了两瓢凉水。他个子很高，佝偻着，像一截被风吹弯了的瘦竹子。

"爹，有野菜粥。"

袁木匠没吭声，好一会儿，他将瓢扔回缸里，小妹吓得不敢哭了。

袁木匠沉声说："二喜，下学吧。"

"爹，为啥？"大哥说，"不是说好的，让弟弟妹妹们都念完高小……"

"都！都！谁跟你都！这一家老的老小的小，吃不上穿不上，怎么念？家里连个做饭看娃的都没有。"

二喜的眼泪吧嗒一声掉进碗里，这是她最怕发生，也是势必会发生的事情。家里孩子多，弟妹年纪小，娘身体又不好，家里全指望父亲一个人做木工养活，可根本养不活。

二喜没吭声，她放下饭碗往屋里走，开始忍了忍，最后没忍住，跳着脚哭着说："为啥是我？"

袁木匠里的鞋底子顺手就丢过去了，他说："为啥是你，不是你还能是谁，你说是谁？！你大哥好不容易上到初中了，你三弟马上也要上初中了！你让他俩下学带孩子烧火做饭？"

二喜没躲，说："我不下学也能带孩子烧火做饭……"

袁木匠的火气来得急，立马拿了扫帚疙瘩冲她过来说："我让你犟！"

二喜大哭。她娘着急忙慌地往外走，扯着她的手连拖带拽地将她拖进了里屋。

二喜哭得上气不接下气的。

爹在院子里抽叶子烟。

娘唉声叹气地跟着抹眼泪。

"喜啊，别怨你爹，他带着气呢。不是冲你，他气自己没本事。"

"他答应过我们，都上完高小。我都十三了，才上了两年学，三弟都五年级了。"

室内昏暗，只有些微月光照在乌蒙蒙的窗子上，但这光亮太微弱了，四壁和房顶都黑沉沉地压下来，气氛无比压抑。

二喜不服气，说："毛主席不是说了，学制要缩短，教育要革命，俺们现在念七年就能初中毕业。老师说了，俺们现在以学为主，兼学别样，不但学文，也学工、学农、学军……娘，俺得上学长本事啊。"

"上学有啥用，初中、高中毕业不也是下地干活吗？"

二喜张了张嘴，她想不出能反驳母亲的话。她哭了一夜，天蒙蒙亮时才迷迷糊糊地睡着。半睡半醒时，她被一阵唢呐声吵醒。

"你忘了？隔壁你二婶子家的红娟定亲。"二喜娘压着声说，"起来吧，去扫扫院子，趁着天凉快，去河边看看有没有地瓜皮。"

二喜一骨碌爬起来，说："娟子姐定亲了？我咋不知道！"

"红娟没跟你说？"

"她不上初中了？"

"上啥初中，十五了，正是好年纪呢。"

二喜翻身穿了衣裳就往外跑。婶子家门口人不少，二喜不管不顾地往里挤，村里人嘻嘻哈哈地起哄："咋，二喜也等不及要嫁啊？"

二喜不吱声，哐啷一声推开红娟屋门问："娟子姐，你不念书了？"

红娟抬起头，脸上一点儿表情都没有，屋里一下子安静了下来，也不知哪家的大娘拉了二喜一把，说："你这孩子，你娟子姐大喜的日子，瞎咋呼啥呢？念书哪有嫁人好！回头大娘也给你说个好人家！"

二喜直愣愣地盯着红娟说："娟子姐，咱们村办小学不是升格成初中了吗？你能上初中了啊！"

红娟没说话，房门又一次被打开，人们簇拥着往外走，要去男方家吃定亲酒了。

"都这样。"

二喜记得，订婚后，娟子姐跟她说了这么一句。

"都这样，是哪样？"

红娟不知道。二喜也不知道。

二喜只知道，她们都不能上学了。

可是大家都这样，都吃不饱饭，都上不起学，而且，上学到底有什么用呢？娟子姐不知道，二喜也不知道。

山是贫瘠的，人却是热闹的。上山下乡的知青来了好多，刘方就是那时候插队到沂南的，一群人借住在村小学后院的旧教室里。

袁木匠更加坚定了让二喜下学的想法：上学有什么用？穷一块穷，饿一块饿。

二喜下学的那年冬天，她娘下不来床了，第二年就过世了。为了给娘看病，家里拉下饥荒，日子过得更加艰辛。二喜没办法，稀里糊涂地在家干了三年活。她十三岁就跟着村里的叔伯们赶牲口——这是生产队最脏、最累、最难干的活儿，寻常人家的大老爷们都不愿干。二喜跟着叔伯们走深山、运粮食、筹物资，背着百十斤的麻袋装货、卸货。她剪短了头发抹黑了脸，学会了在弯弯的山路上唱沂蒙小调，也学会了在苦寒的夜里喝一口浊酒驱寒，甚至学会了说粗话，跟一群老爷们对骂。

有时候，乌眉灶眼的她也会去学校给大哥和三弟送东西。她穿着三弟穿剩的破旧、宽大的棉衣，行动粗鲁，举止野蛮，说话粗声大嗓，头发被山风吹得一缕缕的，乱七八糟地裹在帽子里。有调皮的孩子揪了她的帽子当球踢，她就指着人家的鼻子边撵边骂。

三弟嫌她丢人，让她赶紧回家。

她转过脸来骂三弟，那架势像个不服输的老爷们。

刘方看她好笑，就驱散了那群调皮孩子，帮她捡回了帽子，问她："你多大了？怎么不上学？"

二喜夺过帽子往头上扣，她袖着手、缩着头，抬手拿袖口蹭冻得通红的鼻尖，说："你管得着吗？"

刘方脾气好，笑着说："你这样不好，女孩子不能这样。"

二喜一口啐在他脚底下，说："那女孩子应该怎样？运输队里的女孩子不这样早让狼叼走了。"

二喜十五岁的时候已经比村里的男人还能忙活了，她比个男人还能干。大哥高中毕业后，在村里记个账、干点儿活，三弟和小妹也都上学了。日子还是难，不过至少有个盼头了。

也就是那一年，十八岁的红娟去了县城！

红娟离开的时候，二喜还在外头"赶牲口"。红娟回来时，村里说什么的都有，说红娟跟唱样板戏的跑了，又说红娟成了县城戏班子的名角儿了，还说红娟现在不得了，吃公家饭拿工资了。没等二喜把事情弄明白，红娟就被她婆家人抓回去了。

红娟气得直哆嗦，说："下乡演样板戏的县文工团在村里演戏，他们的唱词我一听就会了！"

"我是自己考进文工团的，我是去学唱样板戏的！"

"我从没断了看书和学习！"

从县城被抓回来的红娟眼睛通红。她头发被扯得有点儿乱了，衣服也被揉皱了。但她穿着的是一件漂亮的两用衫工作服，戴着一顶大家伙儿都没见过的帽子，别提多好看了。

后来，红娟还是没去成文工团，她哭了三天，大病一场，发着高烧被婆家接走了。后来，直到她怀了身孕，才被允许回娘家。那时的红娟，骨瘦如柴，只晓得坐在炕沿儿上哭。只有单独见二喜的时候，她才又说起了她的"两用衫"，说起县城里的女孩子，她们都上学，都上班，跟男人一样穿好看的"军便装"，她说起洋气的电影院、宽敞的大剧场、漂亮的商场楼、叮叮当当响着铃的自行车……

"啥叫电影……"二喜问。

红娟掉下了眼泪，摇着头不说话，过了一会儿，才又开口说："二喜，你还是得学习。外头不一样。外头的世界大。你不能总跟着一群老爷们赶牲口。"

红娟死的时候,二喜十六岁。

她死后,二喜不止一次想起她说起县城时的样子。为此,她跑去问刘方:"县城在哪儿?县城好吗?"

"县城好,但比县城更好的地方还有很多很多。"刘方说。

"外头的世界大。"二喜想起红娟的这句话。

也就是那一年,三弟毕业了,二喜再也不用出去赶牲口了。她找到刘方,问他:"娟子姐说让我学习,我咋学呢?"

(二)

> 由于无书可看,无聊的时候就读《新华字典》,甚至慢慢品出一点滋味:这本小字典包含着大学问。直到现在,《新华字典》仍是我经常要请教的。

——苏培成

"也就是那时候,我送了她第一本《新华字典》。那年,她十六,我十九。"

"然后你们就相爱了?"小舒被故事吸引,捧着小圆脸追问。

"哪能啊。不能。我是回城前,把自己的《新华字典》送给她了。"

"那您?"

"回济南了。我家是济南的。"老先生说着,又取出一本《新华字典》递给老贾,"您看看这本。"

老贾掏出手帕垫着,小心地接过字典,说:"1979年12月第5版。"

"对,这是我送给她的第二本字典,当时,是在山东师范大学。"

红娟的死并没有在这个小小的山村留下什么痕迹,对方很快又找了新媳妇儿。

或许是因为"赶牲口"的二喜过于泼辣,很少有人上门给她说亲。袁木匠沉不住气了——老大该娶媳妇儿了,二喜不嫁,老大根本没钱娶。

但本来上门打听的人就不多,打听完,见一面,肯交往的根本没有。袁木匠纳闷得不行。后来他才知道二喜跟人"见面"的时候拉着人家喝酒划拳——这谁还敢娶?袁木匠气得抄起鞋底子要打她。二喜跟他围着桌子跑了百十圈,愣是没让他碰着一指头。

"爹,我不小了,不能啥事儿都听你的。"

她把大哥、三弟、四弟、小妹不用的本子、书,全收集了起来,一点点地研究苦读,靠着一早一晚的自学,她花了大半年时光把四弟小学的课程弄明白了,然后,她开始研究初中和高中课程。

"爹,我不着急嫁人,我想看书。"

"我看你是中了邪了!你就不看看自己多大了!"袁木匠气

得把两只鞋都砸到了橱子顶上。"这个家白把你养这么大,谁家女孩子这么大了不嫁人?再敢搞幺蛾子,我打断你的腿!"

"你干脆打死我!我十三岁下学,帮着您还账、供哥哥弟弟妹妹上学,现在大哥、三弟都出息了,轮也该轮到我了!你就是想拿我一辈子给大哥换亲!三弟呢,拿小妹换?幺弟呢?!"

二喜这一番话,令袁木匠颜面全无。他一脚踹翻桌椅,终究还是打了二喜,若不是三弟听见动静跑来,二喜觉得,她会被父亲活活打死。袁木匠恼羞成怒,把手里的凳子腿一摔,拖了二喜装书的破木头箱子就走。二喜发疯一样扑过去,却被袁木匠狠狠踹倒在地上。

等三弟把二喜搀扶起来,二喜不管不顾地往外跑,远远看见一点儿火光,袁木匠把二喜的书烧了!

袁木匠将手里撕了一半的书一把扔进灶膛,火舌瞬间卷上来,转眼将那书烧成了灰烬!二喜猛地扑了上去!

袁木匠一把拽住二喜说:"二喜,你就不是读书的料,你也没有这读书的命,你就死了这条心吧!"

二喜疯狂挣扎,她眼中都是泪水,瘦弱的身躯爆发出强大的力量,竟将父亲带了个趔趄。

"我不!"

二喜爬起来疯狂向前,伸手去抢灶膛旁的书册,袁木匠再次踢开二喜,将书一股脑倒进了灶膛!二喜被袁木匠拽着,只能眼睁睁看着火蛇卷走她的希望。

眼看二喜的手已经靠近火舌,灼热的火苗一次次舔过她指尖,袁木匠用力拽起二喜,狠狠将她推出去说:"二喜!你以为你不好好相亲就不用嫁人吗?二喜,这都是命,人抗不了命,你不嫁，不嫁就等着被唾沫星子淹死！"

二喜被父亲推出去，一屁股跌坐在地上说："命，什么是命？我十三岁下学是命，红娟姐考上文工团不让去是命，我必须嫁人是命，娟子姐生孩子死了也是命，爹，我不信！"

"由不得你不信！"

二喜看见燃烧的书页，恨得两眼泛红，又无奈得浑身哆嗦，她声音越发凄厉，说："爹，你给我留点儿念想！"

她倔强地一次次向前，一次次被父亲拦住，一次次被父亲推倒，又一次次爬起来，直到炉膛里的火苗渐渐微弱，书籍几乎燃烧殆尽，二喜跪坐在地上，落下泪来。

袁木匠的火气似乎也消了，说："二喜，不是爹狠心。你心里有念想，就永远不会认命……二喜，这是命。山里的女人，都是这个命。"

二喜看着袁木匠说："命？爹，学校里的老师们说，要恢复高考了，他们说要恢复高考了。我不认这个命！"

袁木匠再次暴跳如雷，说："你还想高考！你咋不低考呢！"

袁木匠火速给二喜定了门亲事，对方在镇上卖水，是个外号叫陈瘸子的光棍，三十多岁，左腿瘸得很厉害，长得又黑又胖，又凶又丑。但他给的彩礼高。

二喜在昏暗的屋里呆坐着，她略微弓着背，蜷缩着，一动不动。院子里，袁木匠美美地喝着酒，谢着媒人。

媒人同样乐不可支，高兴得直拍大腿，说："二喜好福气啊，十里八乡谁能给这么厚的彩礼！何况人家还是镇上的人！虽说长得丑点儿，年纪大点儿，可人家会挣钱、会疼人啊！"

"呸，这么好，她咋不让自家闺女嫁呢！"二喜恨不得出去撕了她的嘴。但袁木匠将房门锁了，她出不去。

在外间陪着喝酒的大哥一声不吭。

小妹抱着二喜哭了，说："二姐，我舍不得你嫁人。"

"我不嫁。"这三个字，二喜说得咬牙切齿，"这是换亲！"

陈瘸子上门定亲的时候，二喜躲着没见。她隔着窗子骂："谁拿了你的钱你让谁嫁你去，我不嫁！"

男人傻乐着，扒着窗户缝往里看，满脸垂涎的样子令人恶心。二喜骂得急了，陈瘸子恶狠狠地踹了房门一脚，一瘸一拐地走了。

二喜想：她不能在这个家待着了。

她必须走。

逃。

逃的念头在心里如鼓点般聒噪，擂得她四肢百骸生生作痛，她不能等了，不能坐以待毙，不能等着红娟的今天成了她的明天。漆黑的山路上，出逃的二喜忐忑又雀跃。她觉得，走出去的每一步、跌的每一跤、付出的每一点儿疼痛，都是她交给命运的学费。她只想快一点儿，再快一点儿，逃离这个噩梦般的家园。

然而，天不遂人愿。袁木匠追上她的时候，她甚至还没跑过一个山头。

袁木匠怕丢人，将她绑牢了，堵死了嘴，像挑货物一样塞进筐里挑回了家。

"袁木匠，大清早就忙呢？"

"二喜这不刚订婚嘛，称头死猪热闹热闹。"

袁木匠说这话时，抬脚踢了一下装着二喜的箩筐。二喜没哭，她瞪大了双眼，死死地咬着唇，眼角青紫的伤痕上晶润一片。

命运如此不公。

那次出逃，将二喜最后的自由也抹杀了。从那天开始，属于二喜的，只有袁家大门旁的一间窝棚。

那里永远黑漆漆的，没有窗户，看不见山，看不见云，只有破损的木料缝中会透出一线天光，微微地挪移着。

袁木匠说："逃？你以为你逃得出去吗？你逃出去就是盲流！要抓你进监狱吃官司的！放着好好的日子不过！我知道你打什么算盘。你怨爹没本事，可你看看村里谁家不这样？"

二喜抬头看着袁木匠，她的目光绝望又狠厉，像一头山间的野兽似的。

袁木匠忽然心软下来，这是他的女儿，他没娘的女儿，十三岁就下学帮着他养家糊口的女儿。袁木匠委顿下来，佝偻着腰站在门口，嘴唇一个劲儿地哆嗦。他手里的烟袋锅子下意识地敲着门框，说："二喜，这山里的女人，祖祖辈辈都是这样的。"

二喜又想起多年前娟子姐刚订婚的时候，也曾淡淡地跟她说："都这样。"

"都这样，是哪样？"

那时的红娟不知道，二喜也不知道。

清晨的时候，对门家的大门打开。二喜扒着木板上的裂缝向外张望。

男人一副没睡醒的样子，坐在门口跷着脚抽烟，他的脸看起来十分稚嫩，也就十八九岁的模样，表情、动作、做派却像个老大爷。

他身后挺着大肚子的女人拎着竹筐,拿着镰刀出门。女人跟二喜差不多大,目光却沉寂得像个老妪。

"早饭在灶上呢。"

男人不耐烦地挥挥手。

女人低着头说:"我去打猪草,你把篱笆修一下。"

男人伸脚踹了下大门说:"这点儿事还用我?自己弄。"

女人没吭声,低着头走了。

这话,不远不近的,刚好送到二喜耳朵里。

二喜看着那女孩蹒跚的背影,鼻子一阵酸。她不知道,死去的红娟,是不是也曾过着这样的生活。自己呢,自己又会怎样呢?

"都这样。"二喜仿佛知道了,又仿佛不知道。都这样,就是都不念书、都没文化、都在家洗衣服做饭带弟弟妹妹、都长大、都嫁人、都生孩子、都一辈子围着三尺灶台一方院。

可是娟子姐分明说:"外面不一样。"

她又想起语文课本上毛主席写的诗词。

她背《沁园春·雪》:

> 北国风光,千里冰封,万里雪飘。
> 望长城内外,惟余莽莽;大河上下,顿失滔滔。
> 山舞银蛇,原驰蜡象,欲与天公试比高。
> 须晴日,看红装素裹,分外妖娆。
> 江山如此多娇,引无数英雄竞折腰。
> 惜秦皇汉武,略输文采;唐宗宋祖,稍逊风骚。

一代天骄，成吉思汗，只识弯弓射大雕。

俱往矣，数风流人物，还看今朝。

二喜见过下雪，知道群山被冰雪覆盖，大概就是"山舞银蛇，原驰蜡象"的模样，她见过蛇，可什么是象？什么是长城？什么是大河？什么是"引无数英雄竞折腰"的江山？

她忽然想起，她曾躲在窗户外听四弟上课，讲的是冰心的《小橘灯》，班上的孩子举手问："老师，什么是橘子瓣儿？"

老师没解释，是不是他也没见过？二喜也不知道什么是橘子瓣儿，她甚至去问过刘方，刘方还给她画过一张图。

那张图，被袁木匠烧了。

二喜眼眶泛红，渐渐停止了背诵。

袁木匠在外面重重踢了下房门说："不嫁你就在这饿着吧，我看你是饿轻了。"

二喜不怕饿，她怕的是毫无希望。

大不了就是一死，毫无希望地活着，还不如死。

她这样想着的时候，满心悲壮。到最后，与其说是袁木匠饿着她，不如说是她在闹绝食。

"让她饿死！能死她了！死了我把她尸首嫁过去！"

袁木匠叫嚣这话的时候，二喜已经昏昏沉沉的，不太清醒了。一向沉闷的大哥在院子里发脾气，农具被他摔得乒乓响。小弟坐在门口哭。

小妹飞奔回来，说恢复高考了时，二喜猛地坐了起来，却又眼前一黑，彻底晕了过去。她甚至觉得这只是一个幻觉！但小妹的眼泪那么烫，一滴滴砸在她脸上。

那是她第一次跟父亲服软，她说："如果我考上了，我自己供自己上学，不花家里一分钱。等我毕了业、挣了钱，我给弟弟娶媳妇儿，给小妹攒嫁妆。如果考不上，我立刻嫁人！爹，求求你了！"

袁木匠不同意，二喜虚弱地跪在那里，拼了最后的力气给他磕头，说："爹，您是真的想逼死我吗？像他们逼死娟子姐一样？爹，你是我亲爹啊！你让我试试！我求你了！"

袁木匠蹲在地上吧嗒吧嗒抽旱烟，正在给她切面条的大哥一把将菜刀拍在了桌上说："我自己的媳妇儿自己娶，她爱干啥让她干啥去！袁家不能一直欠着一个女娃娃！你不供我供！"

"我也能供我二姐。"三弟站在屋门口，高大的身子堵了半截门。

"你们都出息了，管不了了！"

袁木匠终究没能敌过几个孩子，答应让她试试。大哥带着二喜和四弟跑了一趟乡镇，找到了自己当初的高中老师，帮二喜找了学习资料。也就是那次，大哥花了一块钱，给二喜买了一本崭新的《新华字典》。

二喜终于成为这"独木桥"上的一员了。

然而，陈瘸子怎么会善罢甘休呢？他几次三番上门逼婚，说："要么现在就结婚，要么翻倍赔偿彩礼！"大哥与他打过几次，却被他暗中叫人埋伏在村口，险些被打断了腿。小妹吓得直哭，大哥却发了狠，说："弄死我算他本事，但凡他弄不死我，就别想欺上我家门！二妹、四弟，只管好好考！等咱家出了大学生，我看谁还敢小瞧咱！"

直到这时候，二喜才知道一直沉默的大哥是向着她的。

那晚上,二喜睡不着了。她不能嫁人,也不能眼睁睁看着大哥、父亲出什么危险。天蒙蒙亮,二喜出门了,她挨家挨户地跟乡亲们借钱。可大家听说她是要借钱退婚,都默默关上了大门。

万般无奈之下,二喜给刘方写了封信,她没敢告知刘方实情,只说借他三百块钱给哥哥看病。

三百块,在当时那个年代堪称巨款。

(三)

> 很多人问过我,到现在的生命历程中,哪本书对你影响最大。我的标准答案是《新华字典》。没有《新华字典》,我走不进浩如烟海的中国文化。

——白岩松

"我不是没犹豫过,肯定犹豫。但我想着,她那样的女孩子,如果不是真遇到了天大的困难,不会开口求到我这里的。"

老先生讲到这里,小舒已经完全被吸引了,问:"所以?"

老先生微微一笑,说:"我把钱给她寄过去了。"

"然后你们就谈恋爱了?"

老贾说:"怎么脑子里就剩下谈恋爱了?"

老先生摇摇头说:"没,还没。"

"那,后来呢?"

"我记得1977年恢复高考第一年,工人农民、上山下乡和回乡的知识青年、复员军人、干部和应届高中毕业生都能参加,学生毕业后由国家统一分配工作。那一年,报名人数特别多。"老贾也陷入了回忆,说:"我大哥也是1977年参加的高考。"

"是啊,那年参加高考的人几乎都是在国家决定恢复高考后不到两个月的时间里仓促上阵的。"

"我记得我大哥说,1977年全国报名高考的有570多万人,录取率却只有5%左右。"

"是啊,只录取了27万左右,历年高考录取人数最少的一年。"

小舒听得着急,问:"那袁阿姨考上了吗?"

"肯定考上了啊!"老贾迫不及待地补充,他同样焦急地看向了老先生寻求印证。

"考上啥了啊,她没考上,我考上了。"刘方笑了,"拿到录取通知书的时候,我回了趟沂南。"

时隔多年,刘方再见到袁二喜时,她已经不是天不怕地不怕,泼辣得像山猴子一样的假小子了。

她个子不高,纤细瘦弱,头发仍旧短短的,沂南山间的风一吹,乱得跟把草一样。但她的眼睛,仍旧像九月里山间最明亮的星星。

"没考上。"袁二喜坐在山梁上,看着山的那边。但,山那边,还是山,"题太难了,好多都不会,没见过。"

"还考吗?"

"考!"袁二喜转过头来,将手上的方巾缠在头上,阻止那些作乱的风,"一边干农活儿一边考,考到考不动为止。"

刘方笑了,给她讲了范进中举的故事,气得二喜从山这头追着他打到山那头。

也就是这一次,刘方知道了二喜借钱的秘密。

"他们再逼你结婚怎么办?"

"有我哥在,不逼了。"

"村里人呢?"

"我装听不见。咱活自己的,活人还能被尿憋死?"

"话糙理不糙。"刘方笑了,"二喜,学习其实比干农活苦。"

"我知道。我不怕。"

刘方回到济南,就把自己复习用的资料全部寄给了二喜,他写信告诉她,有什么问题就写信去,他在大学等她。"

这一等,就等了两年。

"1979年9月,我在山东师范大学门口,等到了袁二喜。那年冬天,《新华字典》出新版,我熬夜抢了一本,在山师老校区毛主席雕像下送给了她。"

"然后你们就谈恋爱了?"

"对。"

"现在呢?"

"大学毕业后,她被分配在济南当小学老师。后来,她成了山师第一批研究生,留校当了老师,再后来,她成了第一批博士生,现在,还在带学生,教汉语言文学。"

听完故事的小舒有些兴奋,说:"我们这代人可能体会不到那种苦难,但还是觉得挺燃的,用热血和激情反抗命运!"

老贾也感慨颇深,频频点头,说:"我们那代人都不容易。"

小舒眯着眼睛看向老贾,说:"那咱们行动起来吧!"

老贾笑了,学着小舒的样子说:"咱新华书店是没别的业务了吗,咋天天给人找书呢?"

小舒一脸傲娇地举起了胖乎乎的小拳头,然后乖顺地给师父捶起了肩,说:"你看你这老同志,怎么还没转变思想?咱们做的不就是图书行业的服务工作,到现在还没转变理念?我是书店的一块砖,哪里需要往哪搬。我是顾客的解语花,哪里困难往哪安!"

老贾哈哈大笑。

为了找到那本 1971 年版的《新华字典》,方林专门向集团请示了,老贾和小舒牺牲休息时间,跑了好几次山东新华印刷厂,终于在一位退休的老员工那里找到了"存货"。

袁二喜六十六岁了。生日那天,她坚决不肯大办,只答应跟家人、孩子们一起吃个便饭。就是那天,她的大哥和弟弟妹妹们也从沂南赶来,一大家子齐聚在饭店的包间里。宴会还没开始,服务员就开始不间断地来送鲜花,房间几乎被二喜历届学生们的鲜花包围了。袁二喜穿了身简洁大气的裙装,一头短发烫了精致的发卷,有点儿奶奶灰的发色,衬托着她白皙的皮肤,显得矍铄又精神。

宴会进行过半,刘方拿出了他准备的生日礼物,艳红的箱子被拿了上来,刘方请她亲自拆开丝带,打开看看。二喜笑着轻轻打开了箱子,那瞬间,她的眼睛湿润了,箱子里,是《新华字典》自出版至今的全部版本,足足十五本之多。

"有我搜罗的,也有大哥和弟弟妹妹搜罗的。"刘方笑着说。

"二妹,那年,你供出我和三弟,又凭着一本《新华字典》自学,参加高考,走到今天,不容易了。大哥敬你!"

刘方也跟着举杯,说:"第三版、第六版、第七版,都是大哥找到的。"

"二姐,第十版、第十一版是我买的。"小妹急忙插嘴道。

"最老的,1953年10月的初版,人民教育出版社那版,是我托朋友找了好久才找到的!"四弟也来表态。

时光匆匆,仿佛一个眨眼,半个世纪一闪而过。那些饥饿的、贫穷的、绝望的岁月就这样被丢弃在风尘之中,换来的,是一个崭新的世界,和一段崭新的生活。

"谢谢你们。当年在沂南,做梦都没想过会有今天这样的日子。"

"今天这样的日子,是无数个像您这样从不放弃的老一辈奋斗出来的啊。"袁二喜十岁的小外甥忽然说了一句。

孩子天真又诚挚的话语引来满堂掌声。

寿宴结束后,刘方带着袁二喜到了新华书店。小舒和老贾已经在书店门口等候多时了。

小舒带着两位老人参观了书店。老人让儿女送来了宝贵的"红箱子",他们将那些珍藏的《新华字典》一一陈列,合影留念。

岁月,无声地凝聚在了其中。

如果忘记
是终点

THE BOOK THE BOOKSTORE

《联合国歌》由诗人哈罗德·罗梅作词，著名作曲家肖斯塔科维奇作曲。1932年，肖斯塔科维奇为影片《相逢》写了一首主题歌——《相逢之歌》，歌词是由作家高尔尼洛夫创作的，歌曲唱出了工人迎着曙光唱着歌去工地劳动的愉快心情。

——1945年，东方书社在济南出版的《联合国歌》

（一）

> 太阳与星辰罗列天空，
> 大地涌起雄壮歌声。
> 人类同歌唱崇高希望，
> 赞美新世界的诞生。

——《联合国歌》

寒冬，天色不好，干冷的济南府难得落了点儿小雪沫子，北风刀子似的呼呼地刮。

新华书店艺术区倒是一派欢快的景象。贺老是文房四宝柜的常客，这会儿他正带着他刚画的《早梅图》跟书店负责艺术、活动、文化宣传工作的高才生严子龙谈唐诗宋词里的"梅精"。如今的新华书店不单单是个卖书的地方，更是个文化活动场所。别说是来看书赏画，就是来挥毫泼墨也是常事。

"小伙子,有《联合国歌》吗?"严子龙和贺老正谈得起兴,一个苍老的声音小心翼翼地打断了他们的交谈。

严子龙抬头,隔着放文房四宝的柜台,看见一位老人。

老人看起来得有八十多岁了。她颧骨略高,脸颊冻得通红,一头白发一丝不苟地绾在脑后,不见一根青丝。牙齿也是整齐光洁的,穿一件青色加棉的呢子大衣,戴着助听器,身形略伛偻,十分体面。

"《联合国歌》?"严子龙利落地摇头,他太熟悉这片区的图书了,"没有。"

"没有啊,怎么会没有呢?"老人有些失望,委屈地抓住柜台边沿,"我想看看《联合国歌》,怎么会没有呢……我家里原来有,找不着了。"

她嘴唇微微抖着,眼神黯淡下来。

"奶奶,您别着急。是《联合国歌》对吧?"严子龙绕过柜台,将老人搀扶到办公台附近坐着,又用电脑查询了一遍,"奶奶,您找的是本老书吗?近十年,出版社都没出过这本书啊。"

"《联合国歌》,"老人点点头,反复打量着书店,"是,是以前买的。"

"那估计一时买不着。"

"那怎么办呢?书没了,生哥会生气的。他身体不好,气坏了身体可怎么办啊?"

"大姐,人家书店没有您要的书,您赶紧去别处找找啊。新华书店卖的基本都是新书,哪来的旧书啊?让孩子上网给您搜一搜啊。"贺老看着热闹开口道,"您啊,别着急。"

"书店卖的基本都是新书。"贺老这句话一下子触动了老人。

那瞬间,老人仿佛是一架空旷房间里猛然被砸动了琴键的老钢琴,乐声轰鸣、回音震荡,她脑子嗡嗡作响,眼前的一切都渐渐变了模样。

书店宽敞的空间开始缩小,明亮的光线转为昏暗,一排排高大的书架退去,倏忽变成靠墙摆放的古朴的展示木架,书架前是高大的木柜台。

大堂一侧的木质楼梯蜿蜒而上。楼梯下边,八仙桌上已经备好了茶水。

喧嚣声入耳。她仿佛看见年轻的曲经理自楼上下来,笑着指挥着伙计们:"都别闲着,快忙起来。大堂里再支两张八仙桌,铺上桌布,将咱们的书布置起来!"

伙计、学徒们应声忙活起来。时辰还早,也陆续有客人上门了。先是两个年轻学生在一楼看书,又来了一个带着个女学生的女人。女人穿着件素雅的格子短袖旗袍,寻常短发。女学生十六七岁,白衣青裙,挂两条麻花辫,别提多漂亮了。

两人刚进店,店里的伙计、学徒们便齐齐喊了声:"董先生来了!"

曲经理迎上去抱拳说:"您早啊,您订的书已经到了。楼上请。"

就在这时,老人看到了幼时的自己,八岁,还是九岁?她提着滚烫的茶水壶,小心翼翼地跟在生哥身后,从后院一步步挪进书社,刚进门就看到这一幕——这是她第一次跟生哥进书社。

那天，过堂寒风吹得她瑟瑟发抖。天太冷，临街的泉水便氤氲出一层雾气，顺着青石板和红砖墙一点点往上攀爬。

她太冷了，不停地跺脚。可书社的后门却迟迟不开。

生哥出来给她结水钱的时候，她已经快冻哭了，说："你怎么才来啊？我太冷了。"

"今儿店里忙，曲经理腾不出空来。"

她转身要走，小学徒又叫住她，笑眯眯地塞给她半个菜煎饼说："不能让你白等，你坐下，吃完再回去。"

"哎！"她使劲点头，跟生哥并排坐在书社后院的门槛上，捧着半个菜煎饼吃得狼吞虎咽的。她知道生哥也很少能吃到菜煎饼，她还知道生哥让她吃完再回去，是怕她拿回去后这点儿吃食会被哥哥弟弟们抢了去。

"今儿我们社出了新书，店里忙，大堂里桌子上摆得到处都是，叫《联合国歌》。"说着，从怀里抽出一本翻给她看，"就是这本。"

小学徒也是第一次见散发着油墨香的新书，他翻到《联合国歌》那一页，指着第一个字问她："你认字吗？曲经理说，这个字念太，太阳的太。"

她笑了，重复道："太阳的太。"

"对。"小学徒也笑了，他把书收好，塞回胸口，"曲经理说，我们书店卖的是新书。教人好的，要多学。他心善，他教我。"

"生哥，书店里当然卖新书了，卖旧书那不成收破烂儿的了？"

"哎，不是这个新！"

她把最后一口煎饼塞进嘴里，细细咀嚼，好半天才咽下去，问:"那是哪个新?"

小学徒想了半天,忽然灵机一动,说:"就是,长袍马褂,旧的!西装、学生装,新的!"

她恍然大悟,说:"哦,小脚、旗头,旧的!不裹脚、短头发,新的!"

"对,你真聪明!"

她笑得眉眼不见,说:"那你学认字吧!学会了,教我。教我看书,看新书!"

> 太阳与星辰罗列天空,
> 大地涌起雄壮歌声。
> 人类同歌唱崇高希望,
> 赞美新世界的诞生。

那一年,她八岁,他十四岁。

她叫李辛兰,是辘轳把街头上贫苦人家卖热水的二妮儿。

他叫杜春生,是在院西大街东方书社打长工的小学徒。

"书店里卖的都是新书。"老人醒了神,她环视书店,又喃喃自语,委屈得像个孩子,"生哥,还真都是新书了,咱们的旧书买不到了。"

严子龙蹲在老人家眼前,关切地说:"奶奶,别着急,我给您找。"

"哎,好孩子。"老人眼圈红了,"奶奶知道,书店里卖的都是新书。"

"没事,旧书也能找,我帮您找。"严子龙认真地举起手来并两指跟老人保证,"您放心,我一定尽心找。"

老人笑了。她这一笑,脸上的皱纹都化开了,眉目里都是慈祥的神情,她用皱巴巴的手摸了下严子龙的头,说:"真是个好孩子,你叫什么名字?"

"严子龙,我叫严子龙。"

老人看了他一会儿,笑眯眯地在袖子里摸了半天,最后掏出了一团圆滚滚的白色棉布手帕,递给严子龙,说:"给,拿着。"

严子龙不解,他接过来,慢慢打开,发现白手帕里包着一个不大的橘子,已经被她揣热乎了。

严子龙拿着那橘子无奈极了,说:"奶奶,我不能要啊,我上着班儿呢。"

"拿着,拿着。"老人固执地把橘子塞到严子龙手里,"拿着。"

他原是不该要的,却抵不住老人殷切慈祥的眼神,他说:"谢谢奶奶!书找着了,我给您打电话?"

"电话?"老人略愣了愣,"电话?"

"或者您家住在哪儿?"

老人又摇摇头。

这可把严子龙难为坏了。他本来就不善言辞,一老一少把车轱辘话说了好几遍,急得严子龙一个劲儿地抓头皮。

贺老倒是看明白了。他悄没声地给严子龙打手势,不住地叹气。

严子龙没注意贺老的暗示,就在他来回倒腾着橘子犯愁时,忽然瞥见老人手里的手帕——手帕的一角上绣着一朵类似玉兰的花儿,花朵下面用中性笔写着一行数字。

可不就是电话号码嘛!

中年男人急匆匆赶来时,老人正坐在艺术区一角把玩手中的手帕。她用两手的拇指轻轻揉搓着手帕上的玉兰花,口中念念有词:"这是望春玉兰,不是普通的玉兰花儿,一打春儿,它最先开……"

"妈!"男人冲了进来。他个儿不矮,略有点儿胖,顶着点儿肚腩,四十岁左右,肩上顶着薄雪,头上却满是汗,后头跟着个青年。

"杜总、杜总,您慢点儿,小心着脚下。"

男人把腋下的公文包甩给青年说:"门口等着,净添乱!"他又回头,顾不上擦汗,殷切地看着老人,缓了缓神,叫了一声,"妈。"

老人抬头看了他一眼,态度并不热切,回了声:"老小。"

男人有些着急,说:"我跟您说了多少遍了,别出门,别出门,您怎么就是不听呢!这下着雪,找不到您,家里都翻了天了!"

老人说:"老小,妈想看看《联合国歌》。"

"妈,哪来的《联合国歌》?家里那本您不是让……唉!"他欲言又止,开始叹气,又压不住烦躁,"什么歌,没有!您八十多的人了,可别折腾了。"中年人说着,伸手来拉老人,"妈,我还得回公司开会呢!"

"什么国歌……《联合国歌》啊……"老人茫然又委屈,"小儿,你怎么不讲理了呢?"

"妈,咱俩谁不讲理?当初那么劝您您不听,那书不早一把火烧了吗?咱回家再说。"男人伸手去牵老人的手。老人缩着手,跌跌撞撞地往后躲。

"烧了?怎么烧了呢?谁烧的?谁给我烧的?"老人看着男人,嘴唇抖动着,激动起来。

"我跟你说不明白!反正那书没了!也买不着了!"男人努力压抑着脾气,"您听我一句劝,回家吧,咱回家说。"

"小儿,你不孝啊!书烧了,你咋跟你爸交代!还买不着了,啥叫买不着了?你没看你爸都好几天没回家了?"老人着急了,眼看就要哭了,"小儿说《联合国歌》烧了,找不着了,找不着了啊……"

她年纪太大了,这样的表情令她眉眼都挤在一起,嘴巴却茫然地张着,皱纹争先恐后地拥挤在一起,呈现出令人心酸的模样。

"妈,咱不闹了成吗?见天为了这本书闹,当初劝您的时候咋不听呢!丢人啊……"

"你还知道这是你妈,有你这么说话的吗?"开腔的是贺老,"她病了,你不知道吗?"

"老师儿,您别着急啊。"严子龙也有点儿看不下去了,他挺喜欢这个老太太,不忍心她此时变得如此狼狈丑陋,于是他护着老太太,拿着她的手帕给她擦眼泪,"她毕竟年纪大了,老小孩,老小孩嘛。"

"就是,她这是老年痴呆,久病床前无孝子……"

不知哪里传来一声议论。

"关你们什么事?你才痴呆!你才老年痴呆!我妈好着

呢!"男人暴怒起来,他双拳紧握,脖子上青筋突起,忽然回头冲着声音来源怒吼。

老人吓了一跳,仿佛忘记了自己正伤心什么,茫然地叫了一声:"小儿,小儿。"

男人眼眶红了,他闭了一下双眼,轻轻牵住了老人,说:"妈,咱回家吧,求您了。我爸这几天准回来,肯定就给您再买一本回来了,成不?"

严子龙看见男人把头埋得很低。他牵着老人的手,牵得很紧,又很小心。下电梯的时候,他掏出手机安排司机接人,又打电话询问会议情况,话音沉稳有力。

严子龙目送他们离开,又开电脑核查了一遍关于《联合国歌》的有关信息。市场上的确没有这本书的信息。

也就是这时,严子龙收到一条短信:

您好,我是杜建业,谢谢您刚刚照顾我的母亲。如果有幸找到母亲想要的那本《联合国歌》,请务必通知我,我愿意重金收购。谢谢!

（二）

> 奋起解除我国家束缚，
> 在黑暗势力压迫下，
> 人民怒吼声发如雷鸣，
> 如光阴流水般无情。

——《联合国歌》

为了给老人找那本《联合国歌》，严子龙几乎把所有的业余时间都花上了。上网搜集消息、泡英雄山市场、百花公园旧书市场。功夫不负有心人，还真让他找到了一本1947年音乐教育社出版的李士钊版的《联合国歌集》，虽然是影印版，却也是他目前在市场上唯一能找到的《联合国歌集》了。

贺老为这件事没少"笑话"严子龙，但他知道，这种帮顾客找书的事，新华书店没少干，他自己也是受益者之一。

书找到了，严子龙立刻给杜建业打了电话，两人约定周末见面。谁承想，第二天一早，书店还没开门，老人就等在门口了。

严子龙赶紧打电话通知杜建业，这才知道老人的名字叫李辛兰。

严子龙没想到，李辛兰拿到书的第一反应是失望。

"怎么不对呢?"

"就是不对。"

"奶奶,哪里不对?"

"书社,书社。"老人失望地说,"书不对,买不到,生哥没回来。我怎么跟生哥交代呢?"老人怅然若失,垂着头伤心不已。

严子龙有点儿着急,说话都结巴起来。他想过去跟老人说句什么,着急忙慌的,一不小心就碰到了办公桌。被他藏在桌洞里一直没舍得吃的那个橘子忽然掉落下来——那橘子本来就小,这会儿表皮干枯了,显得更小。严子龙弯腰要捡,一把没抓住,眼看着它滚向了老人。

李辛兰愣愣地看着那个慢慢滚来的橘子,怔怔弯下腰去。握住那颗干瘪橘子的瞬间,她怔怔喊了一声:"生哥。"

1948年。

李辛兰十二岁,杜春生十八岁。

"生哥!打仗了!外头打仗了!"李辛兰慌乱地砸着书社的后门。

"打仗了你还往外跑!不要命了!"杜春生一把将她扯进书社。

"我爹妈不见了,我跟他们走散了!我只能回来找你!"李辛兰大哭。

十八岁的杜春生已经是个大小伙子了,他把李辛兰拽到厨房,翻箱倒柜找到剪刀,一把摁住了李辛兰的脑袋。

"生哥!你干吗?"

"把头发剪了！听我的！"

李辛兰满眼恐慌，她死命攥着自己的长辫子，泪汪汪地看着杜春生。杜春生不说话，一把将那辫子剪了，顺手扔进灶里，一把火烧成了灰，又将那灰抹在李辛兰脸上。再给她换上小学徒的衣服，混进了书社。

李辛兰记得很清楚，那是9月16日。

炮火连天。书社群龙无首，经理们都滞留在上海，书店里只剩下几十个穷伙计。"生哥，书社不是有地下室嘛，我们去地下室……"李辛兰的话还没说完，就被杜春生死死捂住了嘴巴。"你的小命还要不要了？"杜春生低吼。

书社楼下是有一间四十多平方米的地下室，但在战争打响之前，就被国民党守军的一个旅征为地下指挥所，店员们哪里还能进得去？

杜春生跟店里的伙计们把书店里的桌椅、书架堆积起来，把大家伙的被褥铺盖集中起来铺在上面，大家一起藏在里面躲避战火。

枪炮声震耳欲聋，大地都摇摇晃晃的。

每当炮弹带着尖锐的呼啸声飞来时，她的心就提到了嗓子眼。她知道，他们的藏身之处根本就弱不禁风——但杜春生紧紧地护着她，一分钟都没有松开过。

"辛兰，别怕。"

每一声炮响的时候他的双手都捂在她小小的耳朵上，她看见他抖着唇，无声地说："辛兰，别怕。"

于是，李辛兰就真的不怕了，她紧紧抱住杜春生，说："生哥，我不怕，炮弹打不着我们，一定打不着我们。生哥在，就打不着我们。"

那一刻,她眼含热泪。她是真的坚信,只要有他的守护,她就可以躲过任何灾难。

"里面的人统统出来!把衣服脱下来!再不出来开枪了!"

嚣张的怒吼和近在咫尺的鸣枪声打破了眼前暂时的平静。躲在地下室的守军准备撤退,他们要和店员们换衣服。

"掩体"内的伙计们吓得瑟瑟发抖,几个胆小的已经开始抹眼泪了。

杜春生试图掰开李辛兰的手。

"生哥!"李辛兰瞪大眼睛用力摇头,"生哥,别去!"

"不去不行,辛兰,你藏好。"杜春生的声音压得极低,他硬生生掰开了李辛兰的手,弯腰走出去两步,又忽然回头。

杜春生顿了一瞬,从怀里掏出一团白布手帕塞到李辛兰手里说:"本来想等你默下《联合国歌》再奖励你的,提前给你了。"

李辛兰打开手帕,看到一个干瘪幼小的橘子。她的眼泪扑簌簌地掉下来。这是她第一次得到一枚属于她自己的橘子,但是她一点儿也不高兴,她说:"我不要。"

杜春生到底还是推开了李辛兰,说:"拿着,好好读书,以后过好日子。"

李辛兰安安稳稳地坐在文房四宝区柜台里侧的角落里,小心翼翼地剥着橘子。那橘子的皮过于干瘪了,她要很小心,一点点往下褪那些干瘪的果皮,舍不得碰破一点儿果肉。她喃喃自语了一句:"我记得很清楚,那天是9月24日,解放军解放了济南。"

生哥弯腰离开"掩体"时，李辛兰的眼泪已经干涸在眼眶里了，她想起杜春生教她识字用的那本《联合国歌》。

> 奋起解除我国家束缚，在黑暗势力压迫下，
> 人民怒吼声发如雷鸣，如光阴流水般无情。

透过棉被的罅隙，她看见他们用枪托砸破了生哥的头。他们强行剥下店员们的衣服，疯狂地踢打他们的腰腹。大堂里满是哀号声，他们谁都不敢反抗，因为黑洞洞的枪口随时可能吐出吃人的子弹。

那瞬间，她忽然明白了什么叫"黑暗势力"，可谁来"解除束缚"，谁敢发出"怒吼"，谁来救救生哥呢？

她恨，也怕。恨这些杀人不眨眼的恶魔，也怕会失去生哥。她十指交叉，紧紧扣在一起，力气大得仿佛要将自己的骨节捏碎，掌心却还无意识地留着一个空洞——那里安然栖息着一个干瘪的橘子。

生哥头上的血越来越多，她顾不得了！冲出去的瞬间，她听见枪响声！她以为自己死定了！

可有人早一步冲进了书社！那是一群穿着草黄色军装的人，满脸是血的生哥一把抱住了她，不住地安慰她："辛兰，别怕，没事了，我们得救了。"

那一仗之后，李辛兰大病一场，高烧了整整三天。

等她醒了，杜春生把那个被她守护得极好的小橘子慢慢地

剥给她吃,给她讲"解放军"如何英勇地解放了济南城。"他们早就知道书社里的情况,辛兰,护着你的不是我,是解放军。"

杜春生说:"辛兰,我们的好日子,有指望了!你想要的可以读书、识字、吃饱饭的好日子,真的要来了!"

十二岁的李辛兰烧得满脸通红,她捏着那个橘子慢吞吞地吃一口,再分一瓣给杜春生。她想:解放军护着全天下呢,护着自己的是杜春生啊。

这次,李辛兰难得没犯糊涂,她痛快地跟杜建业走了。

"我很小的时候就跟你爸同生共死,他指定会回来的。那回,他以为他死定了,送了个那么大点儿的橘子给我。又干、又涩,一点儿也不好吃。"

"妈,回去我给您买好吃的橘子,买大个的,您要多少咱买多少。"

"哎。咱不给你爸吃。"李辛兰笑得像个孩子。

杜建业却瞬间红了眼。他想起家里藏得哪哪儿都是的吃食。有时候,家里有臭味,孩子们闻着味儿找着了,烂水果、臭鱼虾、酸蛋糕……什么都有,问她,她一脸委屈地说:"可是,我生哥没吃过啊。"

临走,李辛兰还嘱咐严子龙说:"龙啊,吃橘子。"

文房四宝柜台旁摆着一块熟悉的白布手帕,手帕上是细细碎碎的干橘子皮和一个完完整整的橘子肉。

严子龙再见到李辛兰是在年后。

她穿着一件喜庆的红呢子外套,在收银台问谭欣:"女娃娃,有《联合国歌》吗?"

谭欣一眼认出了老太太,直接把她带到了严子龙那里。李辛兰的神色明显不对,她好奇地打量着周围的一切,举动间有一种不合年龄的好奇和雀跃。

她再次攀着柜台殷切地看严子龙问:"经理,有《联合国歌》吗?"

"过年好啊,奶……"严子龙见到她是由衷的喜悦,可笑容才展现了一半就停了。

李辛兰叫她"经理",李辛兰看他的眼神是完全陌生的。

李辛兰不认识他了。

严子龙在书店当营业员五年多了,他习惯了"遗忘"和"被遗忘"。可此刻,这位因病忘记了他的奶奶,却让他那么难过。

他查过很多关于阿尔茨海默病的资料,就是大家常说的老年痴呆症。这种病,从记忆力减退、判断能力下降开始,渐渐失去分析、思考、判断事物的能力,不能处理复杂的问题,然后出现严重记忆受损、时间障碍、视觉障碍、情感淡漠,然后失语、失用和失认,乃至完全失去自理能力,生活彻底依赖于照护者。

有人说,真正的死亡是从被遗忘开始。其实,遗忘又何尝不是一种死亡?

严子龙再次联系了杜建业,再次拿出了那本复印本的《联合国歌集》。李辛兰再次迟疑地接过书。

可这一次,她没有说"不对"。

"《联合国歌》,《联合国歌》。"她用力地抚摸着书页封面,似乎要将封面搓出个洞来,神情里也带出焦灼,"《联合国歌》。"

严子龙知道，这不是李辛兰要的那本《联合国歌》，可此时此刻，李辛兰自己也记不清了。

"太阳和星辰罗列天空，太阳的太呢？"李辛兰抬起头来看着严子龙，认认真真地询问。

严子龙翻开那本《联合国歌集》，翻到《联合国歌》那页，将太阳的"太"指给她看。

那是一本影印版的旧书，又有一点儿做旧，字迹并不清晰，带着一点儿沧桑感。

"太阳与星辰罗列天空，大地涌起雄壮歌声。太阳的太。"

李奶奶轻轻抚摸着那些字迹，一个字一个字地缓慢念出来。她浑浊的双眼里慢慢焕发出光彩，轻轻慢慢地读着每一个字。

"生哥，我还记得呢，都记得。"

1954年，元旦。

李辛兰十七岁，杜春生二十三岁。

"辛兰，你看，这是什么？"

杜春生胸前佩戴着一枚徽章——那是一枚圆形徽章，白底上是一幅中国地图，上面书写着毛体"新华书店"字样，最上面是一颗红红的五角星。

"新华书店？"李辛兰读出上面的字，"店徽！成了？"

"对，成了，书社改制成了！从今以后，我，杜春生，就正式成为革命书店——新华书店的图书发行员了！"

"这可太好了，生哥！你这是不是叫心想事成?！"

"是……也不全是。"杜春生忽然脸红了，他伸手轻轻牵了下李辛兰的袖子，"李辛兰同志，我杜春生能养活你了。以后，让你吃饱饭、识字、读书,过好日子。"

李辛兰愣了一瞬,倏忽红了脸,睐目瞪了他一眼,小辫子一甩掉头就走。

杜春生脸皮厚,他登门入户,说:"叔,婶,我要娶李辛兰。"

她打小认识他,九岁跟他学识字,十二岁跟他一起历生死,十七岁跟他定终生。人家的定情信物非金即银,他们的定情信物是一本《联合国歌》。

"我啥也不要,你给我买本《联合国歌》就行。就要那……"

李辛兰话没说完,杜春生已经笑眯眯地塞给她一个秀气的雕花木盒。她打开,正是那本见证了他俩一路成长的《联合国歌》。

"行了,安心了,以后一辈子都是我的了。"杜春生握着她的手,忽然就笑开了,"辛兰,你觉不觉得,咱俩是上辈子就定好的?"

"嗯?"

"你叫辛兰,辛兰就是望春,我是春生,你这辈子都望着我,不就是许给我了吗?这是上辈子的缘分。"

辛兰脸红了。

"你以后还学认字吗?"

"学。"

"行,以后我一天教你一个字,一辈子那么长,到咱老了,你也学富五车了。到那时,我陪你把书店里的书看个遍。"

李辛兰从恍惚中醒了,她抬头看着墙上"新华书店"的红字标识喃喃自语:"生哥,我来看书了,你在哪儿啊?"

杜建业来接李辛兰时，新华书店艺术区正忙着。好不容易送走了一批客人，严子龙赶紧招呼杜建业说话。

"奶奶啥也没说，来了就拿着那本书坐着。"严子龙有点儿颓丧。

"年纪大了，在家也很好哄。"

两人毫不相干的人互相打着哑谜，却又互相明白彼此说的什么。这让严子龙更加难过。

他的善良感动了杜建业，杜建业伸手拍了拍严子龙的肩膀说："小伙子，有心了，我替老人家谢谢你。"

"我没帮上什么忙，都是我该做的。"

杜建业叹了口气，说："要说好糊弄吧，也好糊弄。就是，一眼不看着她，就往外跑。天天严防死守的，操死心了。"

严子龙还是不死心，问："奶奶到底是要哪本《联合国歌》啊？我再找找。"

杜建业无力地摆手说："别找了，没用。"

就这会儿，李辛兰忽然抬起头来说："找，《联合国歌》。"

她仿佛刚看见杜建业，又仿佛没看见，好一会儿，才欢欣地笑了，说："生哥，你来了啊！你咋才来啊？"

杜建业有些恼，说："你再看看我是谁？"

李辛兰站起来说："我怎么会不认识你呢？生哥，你来接我啊。"

杜建业的手下意识在裤缝上蹭了一下，说："妈，我是建业，老小，建业。"

"建业。建业啊……"她语气里全是迟疑，仿佛并没有想起建业是谁，也不在意，她又缓缓坐下，仍抱着那本书，"那生哥呢？生哥还是没来。建业，那书得找回来！买一本也行啊！我不是你妈吗？你给我买一本！"

"妈，咱不缠着这本书了行吗？您就安安稳稳地在家待着，行吗？俺姐弟三个伺候得您还不够好吗？您这一天天的，光念叨那本书干啥，咱家里不是有吗？"

"不是！家里的不是！没有！烧了！我打小识字就是生哥拿着那本书教的我。他从书店里借书出来，教我，再还回去。我们结婚，他送我的第一本书，就是这本！孩子们识字，哪一个不是从这本书开始的？"她说着，盯着书看了一会儿，翻来覆去地说，"不是这本，你又糊弄我！"

"妈！"杜建业急得脸都红了，"咱不折腾了行吗？天天折腾，在家折腾还不行，还得出来折腾！当初那么劝您，您说啥都不听。现在您折腾起来了，让我们做孩子的怎么办？难道真把您捆在家里吗？"

"大叔，您别急啊。"

"哎，我不急，我怎么能不急啊？"杜建业昂起头来说。

"我不就是想要本书吗？"李辛兰小心翼翼地说，"你不是我儿子吗？"

"这是一本书的事儿吗？"杜建业急了！他把手里的公文包啪一声拍在柜台上。

"这……这……"李辛兰茫然地捡起那公文包往前追了一步，严子龙连忙扶住她，李辛兰着急地看着严子龙，"我儿子。"

"您别急，我扶您。"

他抬头，看见杜建业正埋着头坐在楼梯上一动不动。

李辛兰挣脱严子龙慢慢走过去，小心地自身后抱住杜建业说:"我不就是想要本书吗?你别哭啊,你看,我都没哭。"

"没哭。高兴着呢。"杜建业抽了抽鼻子,伸手轻轻拍了拍李辛兰的手背。严子龙听见他说,"记着好,念叨就念叨吧。"

严子龙知道,杜建业也知道。事实上,李辛兰已经把她的儿子彻底忘记了。

她的记忆,已经是一团乱麻了。

李辛兰临走,又塞给严子龙一个橘子,仍旧用白布手帕包着。

(三)

> 太阳必然地迎着清晨,
> 江河自然流入海洋。
> 人类新世纪已经来临,
> 我子孙多自由光荣。

——《联合国歌》

午休时,严子龙一个人发了半天呆。

"死亡并不可怕,遗忘才是最终的告别。"

对于阿尔茨海默病患者来说,他们不知道遗忘和死亡哪一个会来得更早更汹涌。他们渐渐忘记了爱与被爱,忘记了全天下乃至自己，这是比死亡还可怕的存在。

严子龙将第一次遇见李奶奶至今的事细细地想了几遍，每一个细节，乃至李奶奶说过的每一句话都认认真真地琢磨着。

晚上回家又开始做功课。

他终于知道李奶奶为什么会说那本1947年音乐教育社出版的李志钊版的《联合国歌集》"不对"了，他终于知道李奶奶想要的究竟是什么了——

李辛兰想要的，是1945年，东方书社在济南出版的《联合国歌》。

泉城路新华书店的前身，正是东方书社。

1929年，胶东人刘震初、刘金城、李文苑、曲慕西四人集资五千元创建了东方书社，由王畹芗出任经理，袁坤生、刘震初、曲慕西出任副经理。当时，东方书社是济南地区最大的书社，也是最重要的进步书社。

新中国成立后，济南服务行业成立了"店员工会"，东方书社一个叫王振生的年轻店员第一个加入"店员工会"，经他介绍，书社的伙计们大多都加入了工会。1950年9月，华东新华书店派营业部副主任钟虹等13名同志到达济南，接管了国民党官办的5家书店。10月1日建立了济南市新华书店。中央出版总署召开了第一届全国出版工作会议。根据会议精神，三联书店与商务印书馆、中华书局、开明书店、联营书店等四家的发行部门联合组成公私合营性质的中国图书发行公司，与国营新华书店共同做好新中国的图书发行工作。

当时的东方书社并不属于这五家的分支机构，不能参加公私合营。股东们专程奔赴北京向有关部门陈情游说，要求参加公私合营。几经努力，终于得到出版总署的批准，1951年10月，济南东方书社正式加入中国图书公司。1952年元旦，中国图书发行公司济南分公司正式成立。东方书社同仁全部进入公司，原来的东方书社改为"中图"公司济南分公司第二门市部，曲经理成了门市部营业组长。1954年元旦，根据出版署的决定，中国图书发行公司私股退出，全部公股成为国营，并入新华书店。

所以，李辛兰一趟趟跑泉城路新华书店找的《联合国歌》，就是当年东方书社版的《联合国歌》！这个发现让严子龙像打了鸡血，再次开始了他的找书之旅！

杜建业给李辛兰找了一位四十多岁的保姆，据说是家里的远亲。他说他彻底服气了，趁着老太太还能走动，愿意干点儿啥就干点儿啥吧。

于是，李辛兰开始日复一日地蹒跚在去往新华书店的路上，风雨无阻。

严子龙眼看着李辛兰的状态一天不如一天了。

她仍旧会每天给严子龙带一个橘子，可她已经完全认不出严子龙了，固执地叫他"经理"。

严子龙越来越着急了，他迫切想要找到1945年东方书社出版的《联合国歌》。他在网上发求助帖，在各大书店、网上书城、网上图书馆、旧书收集网站求助，却始终没有音讯。

可这些仿佛跟李辛兰毫无关系，她仍旧一动不动地坐在角落里，愣愣地捧着那本影印的《联合国歌集》，熟练地翻到《联合国歌》那一页，轻轻地抚摸着那熟悉的字迹。

杜春生在泉城路新华书店干了一辈子。

1986年。李辛兰四十九岁，杜春生五十五岁。

那时的泉城路新华书店已经一改柜台式销售，成为半自选式销售了。古铜色的书架不算高，一排排地并列排着，显得拥挤又整齐。

"你说你，马上就退休了，逞什么能呢？把机会让给年轻人不好吗？"李辛兰陪杜春生参加基层门市部的技术能手业务基本功比赛。

杜春生不服老，熟悉业务的他夺得了济南地区的第一名，他举着奖杯光荣退休了。

杜春生转手将奖杯送给了李春兰，说："我在书店忙活了一辈子，从年初一干到年三十，没个周末也没个节假日，我辛兰自个儿顾着家，顾着老人孩子们，累了一辈子。退休了，我得给我辛兰一个交代。辛兰，这算不算交代？"

李辛兰又生气又骄傲，老同事新同事拍着巴掌起哄，杜春生将她的手牵得牢牢的，生怕她一个不好意思转身跑了，说："我答应你的啊，等老了，要带你看完书店里所有的书……"

"合着还得见天来？"李辛兰就笑，"书可多了，见天有新书，看不完。"

"这辈子看不完，下辈子接着看？"

"合着我这辈子还没跟你过够，下辈子还得跟你？"

杜春生倒是浪漫了一把，认认真真地看着李辛兰，问她："那你跟不跟？下辈子跟不跟我？"

李辛兰眼眶红了，她用力点了点头，笑了。她说："跟，咋不跟呢,下辈子跟,下下辈子还跟。老冤家嘛!"

于是,他们还是一天两趟往书店遛弯儿,看看这儿,摸摸那儿,眼看着书店的柜台全撤了,变成开放式自选书市场了,眼看着货架高了、矮了,店里装修了,这个区域添了少儿玩具,那个区域多了文房四宝……

保姆对李辛兰不好。

严子龙看到保姆在休闲区角落里给李辛兰喂饭。

曾经那么干净体面的李辛兰,穿板正的青色大衣的李辛兰,穿红色呢子外套的李辛兰,白头一丝不苟挽成发髻簪在脑后的李辛兰,此刻,她微微侧着头,额发微微散着,目光散乱,身前胡乱裹着一个丑陋的饭兜。保姆端着一碗面条死命地往她嘴里塞。

李辛兰迟疑地张开嘴,她动作慢,面条就滑下来了,那保姆野蛮地把面条怼回到李辛兰嘴里,李辛兰想躲,头微微摆动了一下,把面条吐了一身。

保姆更生气了,没轻没重地给李辛兰擦嘴,擦得她嘴巴来回蠕动,口水四溢。

店里很多人在看她们。

体面的李辛兰对此却一无所知。她推开保姆,拄着拐杖挣扎着走回艺术区。

严子龙愤怒极了,他几次拿出手机找到杜建业的手机号,却不知道该说什么。

不让奶奶出门吗?那岂不是更残忍?

严子龙转头看着被自己摆在办公桌上的一溜儿大大小小、

或新鲜或干瘪的橘子，眼眶忽然湿润了。

"经理，我看看书。"

严子龙有半个多月没见到老人了，他以为老人不会再来了。

他没想到，李辛兰突然又来了。严子龙已经习惯了被遗忘，努力地配合她"演出"。

"您想看什么书啊？"

"什么书？就是……就是……书。我找不着了，我的书。"老人喃喃自语，保姆在一旁不远不近地跟着，不耐烦地向后退了一步。

严子龙没管她，小心地取出那本《联合国歌集》说："您看这本行吗？"

老人端详着，脸上尽是疑惑。严子龙伸手将书页翻开，翻到《联合国歌》那页，说："太阳和星辰罗列天空，您看，这是太阳的太。"

老人一下开心了，说："对，对，是这本，是这本。我找着我的书了，生哥就回来了。"

老人说着，呆呆坐下，抱着书垂着头，又陷入了沉默。

2004年。
李辛兰六十七岁，杜春生七十三岁。
他病了五年。

此时，他已经昏迷很久了，形容消瘦，呼吸微弱，黑黄的脸上已看不出一丝生机。

短短几天，李辛兰的头发全白了。她靠在杜春生耳边给他读书,读他们一起读过的书,读《钢铁是怎样炼成的》,读《青春之歌》,读《平凡的世界》,床头高高的书架上,拿到哪本读哪本,哪一本里都写满了他们年轻时的回忆。

杜春生的手指轻轻地动了一下,眼珠缓缓地左右翻滚,嘴唇抖动。

李辛兰紧紧握住了他的手说:"生哥。"

杜春生醒了,说:"辛兰。"

他虚弱得仿佛是一口随时都会消散的气息,可就算是这口气息,李辛兰也不愿放过,她紧紧握着杜春生的手,轻轻附在他耳边说:"生哥,我在,我一直在。"

"辛兰,太阳……"

李辛兰明白了,她急忙起身去翻书柜,从柜子深处找出那个木盒,取出那本《联合国歌》,说:"生哥,在这里,你看,太阳和星辰罗列天空,我给你读《联合国歌》啊。"

杜春生艰难地点了点头,说:"太阳和星辰罗列天空。辛兰,我……我,要先回天上去了。"

李辛兰摇头说:"不行,生哥,不行。"

杜春生已经说不出什么了,他睁大眼睛,恋恋不舍地看着李辛兰,长满老人斑的大手蜷缩在她小小的掌心,说:"我等你,我还等你……你别忘了……"

"生哥,我不忘,我不忘,不忘。"

她仓促站起来,想离他再近一点儿,想再抱一抱他,仓促间床头一整沓书被碰倒了,水果落了一地,大大小小的橘子滚得到处都是。

"辛兰,别忘了。"

李辛兰哭了。她坐在书店角落里哭得像个孩子，她说："生哥，我不忘，我不忘。"

严子龙吓坏了，保姆也束手无措。

杜建业匆忙赶来接李辛兰，李辛兰抱住杜建业号啕大哭。可问她哭什么，她又只会说"不知道"。

杜建业跟着红了眼眶，劝不住骂不得，能有什么办法？她只是老了。杜建业抱着李辛兰，努力维持着冷静，轻拍着她后背，跟围观的众人解释说："对不住大伙儿，我妈老了，她生病了，老年痴呆。"

周围的人有理解的，也有议论的："生病了不好好在家还出来干啥？"

严子龙心酸极了。他想起初见时，杜建业暴跳如雷的样子，可现在杜建业冷静极了，他只是抱着母亲歉意地笑。

严子龙知道，杜建业冷静，是因为他的内心充满了绝望。

她的记忆，如同他办公桌上晾晒的橘子，一点点被时间抽干了水分，干瘪得丧失了生的意义。

严子龙快下班时接到杜建业的电话，问他李辛兰有没有回新华书店。

严子龙没见李辛兰，但他还是立刻通知了经理，在全店找人。

监控显示，下午三点，李辛兰跟杜建业离开新华书店后就再也没回来过。

李辛兰失踪了。

"她还能去哪儿呢？她什么都不记得了，她只记得这条路。从家到新华书店，从新华书店到家。她只记得这条路。"杜建业看完监控抱着头哭了，"这条路，我爸领着她走了一辈子……"

"你爸呢？"严子龙已经下班了，他没回家，陪着杜建业看监控。

"走了。十年前就走了。"杜建业抹了把泪。

"那……书呢？奶奶心心念念的那本书。"

"烧了。一屋子书都烧了。一本没留。老两口一辈子爱书，那点儿积蓄都买书了。老太太一辈子柔善，就倔了那么一回，谁劝都不听，咬死了，都烧了，让我爸带走。从我爸走，我家就没人再提过新华书店，走路都绕着走。谁承想，她老了、病了、糊涂了，又把路绕回去了……"

严子龙的眼眶红了，说："奶奶她忘了，她忘了爷爷走了，也忘了自己把书烧了……"严子龙说到这里忽然愣了一下，"大叔，奶奶那天大哭，一直说，她不忘……大叔，爷爷埋在哪儿?!"

他话音刚落，俩人拔腿就往外跑。可巧，两人刚跑到门口，就遇到了灰头土脸的李奶奶，她是真的想去找杜春生，可找来找去，她脑子里只有这一条路。

就这会儿，严子龙的手机响了。

是贺老。

贺老找到了?

李辛兰糊涂了。

她想去找杜春生，她把杜春生弄丢了。

她把书弄丢了。

把往事也弄丢了。

千回百转，回到原点。

"都忘了，什么都没有了。"她的双眼是一片空，茫然如一个黑洞，"太阳与星辰罗列天空，太阳与星辰罗列天空……然后呢？"

她什么都想不起来了。

最开始，她不认识近些年新兴的设备了，像手机、电脑、扫地机器人，然后不认识电视机、电冰箱、电灯……然后不认识身边的人，同事、邻居、孙子、孩子……

她的世界不是一片空白，而是一片透明，透明到一无所有。年轻时想要忘记的苦难忘记了，一生中值得铭记的誓言，也忘记了。

她是一个透明的壳，无声无息地徘徊在时间尽头。不知道哪一时哪一刻就被吞噬不见了。可死亡会把记忆归还给她吗？

严子龙从来没跑这么快过，他觉得他的心脏快要从喉咙里跳出来了。

严子龙终于在新华书店门口追上了杜家人。李奶奶，杜建业，杜家姐姐都在。

杜建业用轮椅推着李辛兰。严子龙半跪在李奶奶的轮椅面前，从口袋里掏出李奶奶给他的白色手帕，温柔地擦净了李奶奶的唇角、衣领、前襟。然后郑重其事地从怀里掏出一个红色的绒布盒子，缓缓地打开——

1945 年，东方书社，《联合国歌》。

"奶奶。"

李辛兰的目光呆呆的,直愣愣的,毫无反应。

一家人簇拥着她,人人眼里都含着泪。

"妈。"

李辛兰的指尖动了一下,又动了一下。

许久。她视线里焕发出些微光彩。

"生哥,生哥。"她颤抖着手接过那个盒子,轻轻抚摸着封面,又紧紧抱在怀里,"生哥,太阳和星辰罗列天空,星辰回天上去了,别忘了,你会等着我。"

夕阳西下。

李辛兰回头,她看见新华书店硕大的红字,在落日的余晖里熠熠生辉。她仿佛又听见那人清朗的读书声:

> 人类新世纪生活已来临,
> 我们子孙更自由骄傲荣光。
> 联合国家团结奋进向前,
> 绿色和平科学旗帜迎风招展,
> 为胜利自由和平幸福新世界,
> 我们一起手携手肩并肩心相连。

星星点灯

THE BOOK THE BOOKSTORE

在满地都是六便士的街上，他抬起头看到了月光。

——威廉·萨默塞特·毛姆
《月亮与六便士》

（一）

> 我们每个人生在世界上都是孤独的。每个人都被囚禁在一座铁塔里，只能靠一些符号同别人传达自己的思想；而这些符号并没有共同的价值，因此它们的意义是模糊的，不确定的。我们非常可怜地想把自己心中的财富传送给别人，但是他们却没有接受这些财富的能力。因此我们只能孤独地行走，尽管身体互相依傍却并不在一起，既不了解别人也不能为别人所了解。

——威廉·萨默塞特·毛姆《月亮与六便士》

这几天，每天中午，都会有一个穿迷彩的中年男人带着一个瞎眼女人来书店看书。

男人看起来四十出头，穿一身洗得发白的迷彩服。他中等身量,面色黝黑,看起来是干惯了体力活的,脚步扎实,结实有力,笑起来十分憨厚。

他身边的女人却白皙圆润,穿一件真丝立领小衫,黑色阔腿裤,脚上穿一双柔软的小羊皮皮鞋,她微卷的长发用一根木簪子一丝不苟地绾在脑后,鼻梁上架了一副金边的咖啡色墨镜,如果不仔细观察,很难发现她是个盲人。

男人拎着女士提包,紧紧牵着女人的手,小心引领着女人一步步向前。他步子不大,刻意倾着身子靠在女人耳边细细介绍着周围情况。

"红儿,你想看本啥?上次你说的是……什么月亮?《月亮与六便士》?"

女人靠着书架站着,笑眯眯地点了点头说:"对,是《月亮与六便士》。"

男人在书架上细细地找,抽了本精装版的《月亮与六便士》翻得哗啦响,说:"俺一个大老粗,看不懂。这是讲啥的书?"

"你还大老粗,差点儿就高考状元了。"女人循着声看向男人的方向,"你读读。"

男人有点儿不好意思。他抬头四处张望了一下,瞧着四下无人,慢腾腾盘腿坐在了地上,他翻开了书册,看了一会儿,又返回首页缓缓念出声:

"我们每个人生在世界上都是孤独的。每个人都被囚禁在一座铁塔里,只能靠一些符号同别人传达自己的思想;而这些符号并没有共同的价值,因此它们的意义是模糊的、不确定的。我们非常可怜地想把自己心中的财富传送给别人,但是他们却没有接受这些财富的能力。因此我们只能孤独地行走,尽管身体互相依傍却并不在一起,既不了解别人也不能为别人所了解……"

男人读书的声音略带着一点儿沙哑,深沉又缓慢,他的普通话并不标准,带着一点儿遮不掉的乡音,但他读得十分认真,一字一句都清清楚楚。女人站在他身边,低着头注视着他的方向,面带微笑侧头聆听着。

"他这话说得真入心啊。人活着多孤单啊,你说的话、做的事,别人可能永远都不懂,即便我们奉为珍宝的东西,在别人那里,可能也分文不值。想要一个心灵相通的,能够懂自己的人,太难了。幸好,我遇见你了,是吧?"女人的声音也低低的,带着一丝甜蜜。

男人顿时愣了,他朗读的声音哽住,就这么傻笑着抬起头来,黑面孔上挂了点儿红,他抓了抓头皮,仿佛有些尴尬又仿佛是害羞,说:"你这话说得,一把年纪了,差不羞?"男人停顿了一会儿,逆着光含笑看着女人,好一会儿才嗫嚅地说,"是……我遇见你了。"

他说这话时,语音里带着羞涩的含糊,并不十分清楚,但女人显然听懂了,她扭头笑了下,没再说话。男人低下头,又"勇敢"地将那句话重复了一遍:"我是因为遇见你,才不孤单了。"

男人低下头,掩饰性地随便翻着书,他顿了一会儿,又读了一段:

"我认为有些人诞生在某一个地方可以说未得其所。机缘把他们随便抛掷到一个环境中,而他们却一直思念着一处他们自己也不知道坐落在何处的家乡。在出生的地方他们好像是过客;从孩提时代就非常熟悉的浓荫郁郁的小巷,同小伙伴游戏其中的人烟稠密的街衢,对他们说来都不过是旅途中的一个宿站。这种人在自己亲友中可能终生落落寡合,在他们唯一熟悉的环境里也始终孑身独处。也许正是在本乡本土的这种陌生感才逼着他们远游异乡,寻找一处永恒定居的寓所。说不定在他们内心深处仍然隐伏着多少世代前祖先的习性和癖好,叫这些彷徨者再回到他们祖先在远古就已离开的土地。有时候一个人偶然到了一个地方,会神秘地感觉到这正是自己栖身之所,是他一直在寻找的家园。于是他就在这些从未寓目的景物里,从不相识的人群中定居下来,倒好像这里的一切都是他从小就熟稔的一样。他在这里终于找到了宁静。"

女人伸手跟他要了那本书来,轻轻抚摸着封面。

"就是这本书。"女人轻声笑着,"这本书好。家园,安静,都是最好的样子呢。"

男人看着女人,笑眯眯地没有说话。女人沉默了一会儿,笑着问男人书的封面是什么颜色的,画了什么图案,字写在什么地方。男人拿着女人的手引领她一点点抚摸,细细地讲给她听。他的声音明明不悦耳,却在午后的书店里泛滥出一些令人陶醉的暖意。

"还有,莫泊桑的《一生》。那书里有一句话我特别喜欢,你还记得吗?"

"记得,我带你去找。"

收银台的谭欣目睹了眼前温馨的一幕。

在书店,谈恋爱的小年轻不少,结伴前来的老人也不少,单单恩爱亲密的中年伴侣不多。

整整一下午，两人一直在书店静静相伴。

收银台区的顾客不多，谭欣时不时盯着那两位看一眼，刚巧就碰上了男人求助的眼神。她连忙起身，轻声询问："您有什么事儿吗？"

"不好意思啊，能不能麻烦您帮个忙？"

"您说。"

"我爱人想去下洗手间，我实在不方便，不知可否麻烦您帮下忙？"

"没问题，您放心就好。"谭欣轻轻扶住女人的手臂。

"谢谢。"女人轻声道谢。

"别客气啊，这都是我们应该做的。"谭欣回应。

"您二位感情可真好，我还没见过哪个男人，能这么体贴，这么会照顾人呢。"

"我看不见，他老怕委屈我，再照顾下去，就真成残废了。"

男人轻轻回了一句："你这话说得，我可不爱听呢。我照顾你不是因为你看不见，是因为我愿意啊。"

我愿意！谭欣还是第一次听到有人这样轻轻松松、甜甜蜜蜜地说出这句话。她有些感动。

从洗手间出来，谭欣得知男人叫韩家树，女人叫江红娣，来自济南南部山区。因为眼睛问题，江红娣已经很久没离开大山了，好在现在经济发展迅速，信息也灵通，家里什么都不缺，倒不至于真的做了睁眼瞎。

她这次来济南，就是为了治眼睛。

知道女人爱看书，谭欣便跟江红娣介绍，新华书店不仅有门店，还有自己的网络销售平台，如果到书店购书不方便，可以在网上购买，如果购书量大不仅打折幅度大，还负责送书到家。

"那农村呢？"

"不仅有快递，我们还有送书下乡活动啊，支持农村图书馆建设。"

江红娣认真听着，唇角的微笑更深了。

天渐渐黑了，外间儿下起淅淅沥沥的小雨。

韩家树牵着江红娣站在书店门口。两个人也不着急，一直有说有笑的。

"韩家树，我头发松了吗？"

"还行，我重新给你梳梳。"男人放下手里两本书，笑眯眯应着。他粗糙的右手熟练地攥住女人的长发，一手握着簪子，一手缠头发，谭欣都没看明白他手怎么活动的，眨眼工夫便盘了个漂亮的发髻。

江红娣伸手摸了下鬓角，低头笑得温婉动人。

"眼看就查房了，你也不着急。"韩家树将她额前散发也理顺了。

"着急有什么用，一时也走不了。"

谭欣不由笑了，她拿来书店里的便民雨伞，顺便把自己的雨衣给了女人，说："妹子眼睛不方便，你俩打伞肯定得淋湿，这雨衣你们带着吧，也好遮风挡寒。我这儿一时用不着，不用还。"

韩家树本想拒绝，江红娣捏了他手心一下，轻轻道谢。

两人走后，谭欣低头看着收银数据愣了好久。她已经很久不相信所谓"人间自有真情在"了，中年人的婚姻，大多是一地鸡毛。或者，这世界上不是没有好的爱情，只是她没遇见而已。

严子龙刚处理完新书入库的事情，正过来核对新书书名和数量，瞧见谭欣发呆，不由伸手拍谭欣肩膀问："欣姐，怎么失魂落魄的？想心事儿呢？"

"嗨，我有啥心事儿好想？还不就那样。刚才那俩人，眼睛不方便那个，你看见没？"

严子龙点头说："看见了，女的看不见，瞅着俩人挺幸福的，不像装的。"

"是啊，情投意合的。严子龙，你以后要有了女朋友，也得对人家这么好才行呢。"

"这可不好说。"严子龙抿嘴一笑，"咱们山东爷们，有几个这么细致的？"

"切，这还分地域吗？可别给山东爷们抹黑了，好好做个尊重女性、关爱家庭的新时代好男人就是了！"谭欣打趣。

严子龙知道她的心事，他不辩驳，微笑着虚心接受了谭欣的鞭策。

不怪谭欣走神，也不怪谭欣多事。此时，谭欣的婚姻正陷入一场"看起来很好"的骗局——谭欣的丈夫是一名初中美术老师，两人工作稳定，孩子身体健康，两口子有房有车，看起来一帆风顺。但可怜的是，谭欣和丈夫个性截然相反，两人在思想上毫无交集，她完全不能理解丈夫想要辞职当画家的行为。现在，她只想说服对方，坚持目前的工作、坚持眼下的婚姻。可冰冻三尺非一日之寒，两人是一天说不了三句话的"最熟悉的陌生人",到底要怎么沟通交流？

谭欣正经历着无人知晓的可悲的婚内单身。

离婚吗？一切都看起来很好，她没有勇气打破这令人称羡的假象。继续过下去吗？她又实在忍耐不了……路究竟要怎么走呢？她几乎要被折磨至死。

她老想起书店那对中年夫妻，想起他们举案齐眉、相亲相爱的样子。她无比羡慕这两人，也因为这羡慕，更怨愤自己的丈夫。

谭欣也在读《月亮与六便士》，但她并不喜欢威廉·萨默塞特·毛姆这本梦想之书。她厌恶这本书的主人公思特里克兰德，这个四十岁的男人，放着好好的生活不过，放着好好的工作不要，辞去证券交易所的经纪人工作，抛弃妻儿和美满的家庭，只为了所谓的梦想。

"我必须画画。"

"你这样做是不是完全在碰运气？当然了，也许会发生奇迹，你也许会成为一个大画家，但你必须承认，这种可能性是微乎其微的。假如到头来你把事情搞得一塌糊涂，后悔就晚了。"

"我必须画画。"他又重复了一遍。

"假如你只能成为一个三流画家，你认为这值得？不管怎么说，其他各行各业，假如你才不出众，并没有多大关系，只要还能过得去，你就能够舒舒服服地过日子。但是当一个艺术家完全是另一码事。"

"你真是个傻瓜。"他说。

所有不肯好好过日子的人，都是傻瓜。谭欣这样想。

（二）

> 做自己最想做的事，生活在自己喜爱的环境里，淡泊宁静、与世无争，这难道是糟蹋自己吗？与此相反，做一个著名的外科医生，年薪一万镑，娶一位美丽的妻子，就是成功吗？我想，这一切都取决于一个人如何看待生活的意义，取决于他认为对社会应尽什么义务，对自己有什么要求。

——威廉·萨默塞特·毛姆《月亮和六便士》

济南连续五天阴雨绵绵，雨下得人心里都长了霉点！书店的客人少得出奇。

"昨天回家路上，我刚出书店大门，街角左拐，那个斜坡，滑死人啦，害我摔在了水洼里，新买的衣服也报废了，扯了一道大口子。"心情不顺的谭欣抱怨道。

正当她愁云密布、牢骚满腹时，经理方林满面春风地走了进来。她开心地拍拍谭欣的肩膀，高声宣布："赶紧收拾一下坏情绪，打起精神来，我这儿可有你的好消息啊！"

"我的？我能有什么好消息？喝凉水都塞牙的主。"谭欣满脸怀疑。

"你可别不信。咱们网上销售平台刚刚接到一笔订单,价不高,六千四百三十八元,要求送货上门。但有一点特别备注,让谭欣带队。谭欣,这是你的订单,不错啊!"

"我,我,我哪有什么订单?怎么要这么多书?"谭欣也有点儿纳闷,她从方林手上接过书单,看到订货地址时更加疑惑起来。

"明天一早六点半准时出发,谭欣,你带着严子龙一起去。路比较远,今天备完书,你俩好好休息,养精蓄锐,争取明天天黑前赶回来。严子龙记得做好照片和视频记录,回来发宣传。"方经理心情愉悦,调动众人按书单各自准备。

严子龙早就想去大山里拍点儿美景丰富自己的视频素材库。他特意带上了新买的摄影机,兴致勃勃地跟随谭欣踏上征程。可惜,面包车在蜿蜒曲折的山路上攀行不久,严子龙就彻底缴械投降——他晕车,吐得一塌糊涂,脸色惨白、四肢瘫软,赖在座椅上直不起腰,哪里还顾得上窗外红叶漫山的美景啊。

送货地点是大山深处的一个小村庄。随着新农村建设落地,这村庄石屋小道、绿树红花、远山近水,层叠的色彩倾泻而下,将山林晕染得好像一幅美丽的油画,完全不逊于旅游景点。

村头,一个简陋但干净、整洁的名为"阳光小学"的学校出现在他们面前。

副驾驶座上的谭欣也累得够呛。可抬头的工夫,她忽然来了精神,喊:"严子龙,严子龙,你快看,快看那俩人是谁?"

严子龙晕乎乎的脑袋搭在车窗上,朝着谭欣手指的方向看过去,只见韩家树扶着江红娣站在学校门口,两人微笑着,相互扶持着站在阳光里,身后站着三排高矮不齐的孩子们,正兴高采烈地又蹦又跳。

"怎么会是他们?"

"对啊,怎么会是他们?"

惊讶夹杂着惊喜扑面而来。

严子龙立马来了精神,晕车的症状都减弱好多,他不由自主地挺直身子,整整皱巴的衣服。谭欣也一本正经地把额头的乱发抚到脑后,还特意照了照后视镜,稍微整理了下妆容,生怕在孩子们面前出丑。

"姐,我们又见面啦!"

"太意外啦!怎么会是你们?"

"怎么不能是我们?老早就想着给孩子们建个小图书馆,就想着先'劳动'您了呗!"韩家树没等谭欣追问,抢先把他们的疑问给解答完毕。

江红娣侧身轻拍韩家树胳膊,说:"山路不好走,他们肯定很累了,先进屋歇歇!"

这时,学生队伍里,一个长着小虎牙,十岁左右的男孩子咧着嘴,大笑着喊:"校长爷爷!我们已经等不及啦,你们请放心,我们肯定很小心,绝不会把书弄脏的!"

"江妈妈,校长爷爷,请下命令吧!我们保证完成任务。"其余孩子齐声附和道。

"好来!孩子们,出发!"韩家树大手一挥,孩子们哄地散开,朝着车门跑去。

孩子们疯跑到车门前,所有人突然又齐刷刷站定,退后两步,每个人把双手使劲在衣摆上擦了又擦,擦完后,还互相让小伙伴看看,确定手干净了,随后朝前又迈了两步,手心朝上,所有人的小手统统伸向严子龙，齐声说道："叔叔，我们准备好了，书可以给我们了吗？"

严子龙看着眼前一幕，一时说不出话来。

严子龙害怕书太沉，累着孩子，但孩子们总是会说："叔叔，再放一本，我力气大，抱得动。"

每个孩子都把图书紧紧抱在怀里，默不作声，小心翼翼，稳稳当当地迈动步子。以学校门口为起点，以开满月季花的圆形花坛为最高点，以一百米处挂着红绸子的"阳光图书馆"为落脚点，在操场上画出了一道漂亮的行动线。

"阳光图书馆"，严子龙看着写着那五个大字的牌匾，笔墨浑厚，不由伸了个大拇指。

韩家树一脸骄傲，说："没白练！"

"你写的？"严子龙一脸惊讶。

韩家树毫不客气地点头，引得过路的孩子们一阵大笑。

突然，村里的大喇叭响了，村主任招呼村里人到学校帮忙。不一会儿，不大的校门口，挤满了人。

谭欣要过去帮忙，江红娣牵住她的手说："姐，让孩子们去忙吧，他们早就等不及啦！咱们回办公室，去看看水烧开了没有。"

"这些孩子，江妈妈，校长爷爷，串辈儿了啊。"

江红娣顿了下，问："韩家树老了吗？他老说他头发都白了。"

谭欣隐约在她话音里听到压抑的伤感。谭欣扶着江红娣，笑着安慰："不老，没有白头发，你俩看起来天生一对！"

"我最后一次看见他，他啊，十七八，好看着呢。"江红娣笑了，"我啊，一辈子都记着他年轻时的样子。"

谭欣满脑子问题，这两人身上到底藏着多少故事呢？她好奇，却不敢轻易问。她转头看见办公桌上放着的书，问："小江，你也在看《月亮与六便士》？"

"是啊，难得的梦想之书，我跟家树都挺喜欢的。"

谭欣也在看这本书。

韩家树和江红娣同村又同学，他喜欢江红娣，喜欢了好多年。从他不知道什么是喜欢，"情窦初开"的时候，他就时常想看见她，想跟她说话，想捉弄她，想惹她生气，甚至想看她哭。

可韩家树不敢。

江红娣多优秀啊，她是乡镇中学最漂亮的女孩子，大集上最寻常的衣服穿在她身上都好看得不得了。那长长的过腰的马尾辫高高地束起来，走路的时候，发梢子轻轻一晃就跟初春里迎风的柳梢儿一样，撩得人心尖子发痒。她学习好，回回级部第一。校长说，只要江红娣稳住成绩，考上区重点高中不成问题。要是加把劲，考进了实验班，那就是半只脚迈进了大学校门，那就真走出大山了。

如今这年代，山已经不那么可怕了。到处都在如火如荼地搞扶贫，山里人日子不那么好过，却也不是完全没盼头。但孩子们还是渴望到山外边去，去看看姹紫嫣红的大千世界，去创造属于自己的美好未来。

韩家树清楚地记得，江红娣写过一篇作文，贴在学校宣传栏上。她说，她想上大学，想像鸟儿一样飞出大山去，看遍祖国大好河山，等有一天累了，就回到家乡来写作、教书，将所见所得都告诉孩子们，让他们也生出飞翔的心和翅膀……

韩家树多么喜欢江红娣啊。乃至于多年之后，那篇作文他还能倒背如流，闭上眼睛他还能临摹出每一个字的韵脚。可在当时，他不敢说，他害怕，怕一不小心拖了江红娣的后腿，怕耽误了江红娣的前途。

那么庆的韩家树，连看江红娣一眼都小心翼翼。

可谁曾想到呢，命运就爱捉弄人。

中考后的那个暑假，成绩单尚未送达，毕业的疼痛和欢乐在巨大的未知和压力面前变成一种肆意狂欢的动机。一向老实的韩家树也学会了去山洼的水塘里摸鱼游泳。他一直喜欢那四周的山、葱碧的水和缓缓的溪流。

即便，在那个假期，那些葱碧的水变得不那么清澈，小溪带来的流水偶尔掺着杂色，他还是喜欢长久地待在湖边，只为在归程时能"偶遇"那个心上的人。韩家树知道：傍晚的时候，江红娣会到水塘这边来洗衣服。

意外是怎么发生的，韩家树已经记不得了。他只记得小腿抽筋的疼痛和池塘水疯狂地灌进他嘴里，他只记得在水面之下看到的天空，是绿色的。

江红娣把他从水里捞出来后，坐在岸边哭了。她狼狈地靠在湖边青石后面，浑身湿透，漆黑的头发湿淋淋地黏在额头和后背上，在夏日的晚风里瑟瑟发抖。韩家树趴在岸上疯狂地咳喘，等看清眼前那人时，他一骨碌爬起来，跑了。

一口气跑到村口，他又一拍脑瓜往回跑。等他回到湖边，江红娣早不见踪迹，湖边只剩下一摊狼狈的水迹了。

那晚上，韩家开启了男女混合双打模式。然后，鼻青脸肿的韩家树就这么被拖到江红娣家道歉又道谢——拎着整箱的牛奶、平时不舍得买的曲奇饼干和易拉罐啤酒。

那是救命的大恩啊。

两家大人在屋里聊天拉呱的时候,韩家树看见江红娣站在院子里洗碗。他小心翼翼地磨蹭过去,却一句话都不敢说。他看见江红娣晒在晾衣绳上的红裙子撕破了一道口子,也看见江红娣的双眼隐隐地泛着红。

但是他什么都不敢说,他尿。

江红娣扑哧一声笑了,问:"韩家树,你跑什么?"

韩家树臊得满脸通红,他说:"我害怕。"

江红娣问他:"你怕什么?"

韩家树说:"怕你。"

江红娣说:"那你在湖边瞎闹,不怕淹死吗?"

韩家树十分认真地想了半天,他说:"当然也怕淹死,也怕你。"

江红娣笑得不行,说:"我才知道我这么可怕呢,我是夜叉吗?这个夜叉刚救了你的命呢。"

韩家树脱口而出,说:"不是,江红娣,我不怕你,我怕你不喜欢我。"

江红娣看了他很久,说:"我干吗不喜欢你?韩家树,我可告诉你,咱俩以后就不是同学了。"

韩家树吓得面无血色,问:"你生气了?"

"我生什么气?"

"你救了我,可我跑了,你不认我这个同学了。"

江红娣说:"我会去区重点高中的,你能考上重点高中吗?"

韩家树低着头说:"我考不上。"

江红娣抿着唇说:"那以后咱俩就不是同学了,没错啊。"

韩家树略有些惊诧地抬头,刚好看见江红娣眼中顽皮的笑意。他忽然明白,这个品学兼优的女学生拿"文字游戏"耍了他一把。

"你怎么这么傻?咱俩不是同学了,可还是朋友啊。"

江红娣这一句"朋友",让韩家树高兴了好几天,他想起来就笑得合不拢嘴。

一周后,学校出成绩。韩家树超水平发挥,考上了"理想"的职中,但他笑不出来。

那天傍晚,江家姐姐气急败坏地跑到韩家闹,她喊叫连天,哭得万分狼狈,韩家树半天才听明白——江红娣的眼睛出问题了。

医生说,是真菌感染,来得太晚了。

韩家树赶到医院的时候,江红娣的母亲正在病床边号啕大哭,说:"你救人就救人,怎么还把自己一辈子搭进去了……"

江红娣低着头,始终没有说话。江红娣不敢哭,她眼帘低垂的样子也那么美。那些纤细幼长的睫毛,轻轻地铺陈在她泛红的眼帘底下,颤抖的模样像极了暴雨中脆弱的蝴蝶的翅膀。

韩家树躲在病房门口不敢进门,偷偷看着病床上静静坐着的江红娣,他情不自禁地想,哪怕她哭一下、闹一下,打他恨他,也好过这样平平静静的样子。她怎么能这么平静呢?万念俱灰一般,随时都会化在阳光中一般。

江妈妈还在哭诉:"全完了啊,全完了!你要是瞎了,残废了,我可怎么活啊!这个家哪还有钱养个残废!你弟弟还要娶媳妇儿啊,带着这么个拖累,谁要跟他啊……"

韩家树的眼泪一下子掉下来了,他哐啷一声推门进去,双拳紧握,红着眼站在了病房中间,像头愤怒的公牛,弯着腰,梗着脖子说:"江红娣不会瞎的!她不是残废!我挣钱,我一定治好她的眼睛!治不好,我养她一辈子!"

少年人的一辈子是太轻而易举的许诺了。他这样肆无忌惮地吼出来,就都是真的,从肺腑里、从血脉里流淌出的少年人的真。

"我说真的,她瞎了,我养她一辈子。"

回应他的是韩父狠狠的一脚,韩家树被踹了个趔趄,直接跪在了江红娣面前。

江红娣已经看不见韩家树的样子了,她眼里只有朦朦胧胧的光影。韩家树号啕大哭,他说:"江红娣,我该死,你为什么要救我?我是个废物,我没出息,可你还要飞出大山,你还有那么多想做的事情要做呢!"

江红娣紧紧握着衣角,好久才说了一句:"没事。"

可怎么会没事呢?明明就是天大的事!

江家经济困难,韩家也困难。两家人卖粮食,求亲戚,到处凑钱,托关系,还是于事无补。

江红娣出院了。医生说,江红娣的眼睛会越来越严重,直到彻底失明。她的眼角膜坏了,要想彻底治好,只能做眼角膜移植——这不仅仅是钱的事,这是"命"。

韩家树恨失明的人不是自己。可是没办法,他替不了她。

韩家树准备辍学。他要挣钱给江红娣治病,他说过,要养她一辈子。

他没想到,江红娣将看病剩下的五百块钱偷偷还给了他。

江红娣说:"你没法替我瞎,就替我上学吧。你替我上重点高中,替我读大学吧。"

韩家树拿着那一把钱,双手颤抖,一个字都说不出来。

江红娣说:"你去复读吧,考不上重点高中,我恨你一辈子。"

韩家树傻了,他一直是个学渣,中考分数离着区重点差着小二百分。但现在,他不能渣了。他身上背着江红娣的"盼头",他只能拼命。

无数次熬不住的时候,他就悄悄去看江红娣。

她的视力已经很差了,但她会摸索着做手工,跟妈妈一起绣鞋垫。韩家树看见江红娣坐在院子里摸索着绣鞋垫,过往的乡亲说,这孩子不容易,要强,刚学绣鞋垫儿的时候指腹上都快扎出茧子了……

韩家树不敢想,十指连心,江红娣有多疼呢?他只敢在夕阳西下的时候看她一眼,跟她说句话。江红娣说:"以后你再来看我,就读书给我听吧,读什么都行。"

韩家树成了村里第一个大学生。那时,江红娣已经看不清人影了。

作为一个残废,江家是准备让她赶紧嫁人的。韩家树疯了一样,他不想上大学了,他想挣钱,他要照顾这个女孩儿,给她彩礼,带她治病,让她过好日子。

就在那天,江红娣第一次伸出手来慢慢地摸了摸韩家树的脸。她说:"韩家树,我都忘了你长什么样了。"不等韩家树反应,她极慢地凑过来,在他唇边落了一个吻,"韩家树,你好好学习,奔个好前程,去做你想做的事情,看你想看的世界……等将来,你出息了,就带我去治病。如果治好了,我能看见了,你也看倦旁处了,咱俩就在一块儿,一辈子在一块儿。"

韩家树的眼泪猝不及防地掉了下来,他紧张得双手冰凉,就这么手足无措地捧着女孩儿的手,他说:"江红娣,你看不见,咱俩也一辈子在一块儿。我们一起,做我们想做的事,看我们想看的世界。"

江红娣笑了,眼角却带着泪,她问:"你是在可怜我吗?"

"江红娣,我可怜我自己,我可怜我自己这么多年不敢跟你说……"

韩家树是带着江红娣去读书的。那四年,韩家树读完了大学,江红娣也学会了盲文。后来,华东师范大学出现了第一位自考本科文凭的全盲人,江红娣有了新的目标——她要考试,她要上大学。

(三)

> 但是我的血液里有一种强烈的愿望,渴望一种更狂放不羁的旅途。这种安详宁静的快乐好像有一种叫我惊惧不安的东西。我的心渴望一种更加惊险的生活。只要在我的生活中能有变迁——变迁和无法预见的刺激,我是准备踏上怪石嶙峋的山崖,奔赴暗礁满布的海滩的。

——威廉·萨默塞特·毛姆《月亮与六便士》

没用多长时间，书店送来的书已经全部卸完。在严子龙的帮助下，韩家树和孩子们一起把图书分门别类放在自制的书架上。

然后，孩子们开开心心地邀请谭欣和严子龙一起吃午餐。

那天的午餐很简单。

大铁锅烙的香气扑鼻的菜饼子、自己腌制的小凉菜、熬得火候十足软糯香甜的小米粥、大铁锅炒出的纯天然无污染的大锅菜，再配上孩子们叽叽喳喳的欢笑声，这顿有烟火气的午餐，谭欣和严子龙吃得特别舒服。

吃饭间隙，一个梳着麻花辫、穿着小碎花短袖的小姑娘，站在门口偷偷朝屋里瞅。

她小脸通红，眼巴巴地凑到江红娣身边问："江妈妈不会离开我们，对吗？"

"怎么这么问啊，雨花？"江红娣轻轻抚摸女孩的头顶。

"以前有支教的老师来，每次使劲送礼物的时候，肯定是要走了。"

孩子天真的话语，引得大人们又心疼又好笑，江红娣说："我跟你们校长爷爷都不会离开你们的！放心啊！雨花！"江红娣又说，"这么多年了，你还信不过江妈妈吗？你姐姐就跟着江妈妈上学啊。"

"对！"小姑娘开心起来，一双眼睛晶亮亮的，"你说话算数吗？"

"算，要不然我们拉钩！"

雨花伸出小手，江红娣伸手在空中摸来摸去，谭欣握住江红娣的手，放到小姑娘的手上。

"拉钩上吊，一百年不许变，谁变谁是小黑狗！"

韩家树端着刚出锅的熘肉片儿进来递给雨花说："肉都分没了，也不知道吃饭，又干啥呢？"

雨花得了保障，才不怕校长爷爷的"批评"，接了肉碗高高兴兴地跑出去了。

"这孩子缺少安全感。"严子龙看着雨花，满眼心疼。

"是啊，我们做不了什么大事，就努力陪着他们吧，权当是照亮这一片小角落就好！"江红娣伸出手，几乎是同时，韩家树立刻伸手握住她的手，自然而然，行云流水。

严子龙连忙取出摄影机，拍下了难忘的镜头。

回程的路上，谭欣一直沉默着。

大概是被韩家树与江红娣两小无猜、生死相依又目标一致的生活所感染。她忽然想起《月亮与六便士》中的一段话：

"这一定是世间无数对夫妻的故事。这种生活模式给人以安详亲切之感。它使人想到一条平静的小河，蜿蜒流过绿茸茸的牧场，与郁郁的树荫交相掩映，直到最后泻入烟波浩渺的大海中。但是大海却总是那么平静，总是沉默无言、声色不动，你会突然感到一种莫名的不安。也许这只是我自己的一种怪想法（就是在那些日子这种想法也常在我心头作祟），我总觉得大多数人这样度过一生好像欠缺一点儿什么。我承认这种生活的社会价值，我也看到了它的井然有序的幸福，但是我的血液里却有一种强烈的愿望，渴望一种更狂放不羁的旅途。这种安详宁静的快乐好像有一种叫我惊惧不安的东西。我的心渴望一种更加惊险的生活。只要在我的生活中能有变迁——变迁和无法预见的刺激,我是准备踏上怪石嶙峋的山崖,奔赴暗礁满布的海滩的。"

自己的婚姻,何尝不是这样"沉默无言、声色不动"呢?或者,在丈夫的心里,这样的日子,也同样"欠缺了一点儿什么"。那么韩家树和江红娣呢?

韩家树一毕业,两人就领证结婚了。出租屋里的婚礼,简单又隆重。韩家树说,从这一刻开始,我们的命运就正式缔结在一起,生死与共、不弃不离。韩家树当过老师、做过培训,而立之年,他决定辞职创业。万事俱备的时候,韩家树被一个电话催回了老家。

韩家树的本家叔公过世了。老人是夜半走的,家里八岁的虎子独自服侍了老人。清晨,孩子挨家挨户磕头报丧。众人赶到时,都心疼地掉眼泪——老人寿衣都已经穿得齐齐整整了。

一个八岁的孩子!

江红娣抱着虎子泪流满面,而他远在南方打工的父母,一直到灵堂架起,出殡当天才匆匆赶回。

然而,这并不是孤例。

目之所及,村里都是老人、孩子。

所有的年轻人都像他们一样远走高飞了。去山那边,成了他们这代人的共同梦想,看大千世界,做想做的事,却辛苦了老人孩子。

谭欣又想起韩大叔的话。

"乡亲们背后没少说这俩孩子,是不是读书把脑袋读傻了!好不容易离开了大山,干吗还回来遭罪!可我知道,我知道这俩孩子心里有根,有根就离不开家乡,就会念着家乡人的好,想着为家乡人做点儿事。"

"人老了,就想让下一辈人过得好些,出去打工总比在家石头里刨食强,可小孩子们想爹妈啊,也难受,看着也难受。"

"家树准备回来那年,我们村的小学破得不像样子了。镇上已经准备并校了。没师资,校舍也破旧,可一旦并校,这附近的孩子们上个学,得早起一个多钟头。那会儿,家树两口子二话没说,就把准备创业的钱拿出来了。修路、修学校!没老师就当义务老师!还当厨师做饭!你看,这多少年了啊。孩子们还在,家树、红儿还在,想到这,我的心就敞亮起来。这些年,他俩不知道送出去多少孩子。现在,村里变样了,好多在外头打工的孩子愿意往家走了,可家树和红儿,是最难的时候回来的,是头一份!"

他们捐助了建校,给孩子们盖宿舍、建食堂,为孩子们联系一元午餐。这些年,韩家树挣钱,江红娣看校,挣的钱全搭在学校里了……

谭欣又想起了她铁了心要辞职当画家的老公,她自认自己不能理解,也不可能支持。

月亮是那崇高而遥不可及的梦想,六便士是为了生存不得不赚取的卑微收入,多少人只是胆怯地抬头看一眼月亮,又继续低头追索赖以解渴的六便士。查尔斯却只有一个,能舍弃一切出走的也只有一个。

谭欣自认自己做不到。

那为了孩子们回到家乡的韩家树和江红娣呢？相比于两人在城市里幸福安和的小日子，山村里无休止的风险，无异于"怪石嶙峋的山崖"和"暗礁满布的海滩"，但他们很快乐。

谭欣回来一周多，一直陷在这样的情绪里。

周末，她忍不住去找方经理简单讲了韩家树和江红娣的故事，她提出想请假一天回山里看看他俩，看看"阳光图书馆"。

方经理停了三秒，回复道："还是让严子龙跟你去，看看孩子们还缺少什么，回来了给我列个计划，我跟集团去申请。另外江红娣的病情，你再问下他爱人，了解下现在的具体情况，我觉得我们可以搞个捐助活动，尽我们的能力来帮助他们，毕竟眼角膜手术，以及后期的康复费用都是一笔不小的数目……"

谭欣激动异常。

严子龙这次也不怕晕车了，他已经做了一个小视频，这次想深入记录，做一个小型专题片——他们要跟孩子们一起去秋游！

秋游路上，严子龙举着单反录像，认认真真地问韩家树："韩哥，红娣姐，你们给孩子们捐赠图书馆的初衷是什么？"

"每个人的童年只有一次，发生在虎子身上的故事，我们不希望再次重演。我们回来，也许并不能代替那些外出的家长，但我们会努力，给孩子们一个相对完整的童年。至于建图书馆，是我们来到这所学校时的第一个愿望，我们希望孩子们通过阅读，看到中国的文化，看到世界的精彩，从而提升认知，拓展眼界，希望他们可以借助别人的思想，来构建自己的体系。"

"接下来，你们还有什么打算？"

"我啊,想挣钱!挣大钱!"韩家树这样的回答,引得众人哈哈大笑。

"校长爷爷是个老财迷,可财迷了,塑料袋子、酒瓶子都喜欢。"

"对,我们也喜欢!"

孩子们七嘴八舌。

"那您挣大钱干什么?"严子龙追问。

"想带着孩子们去看看外面的世界,去参观省城的图书馆、博物馆、科技馆,去我们的首都北京,看天安门,看长城,看升国旗,去坐汽车、火车、飞机,让他们看看,这个世界并不是只有我们眼前这么大,外面的世界很大,只要敢想,敢拼,敢付出,敢向知识叫板,知识就会给你搭建桥梁,让你能走向更大的世界。"韩家树很少这么滔滔不绝,可他牢牢牵着江红娣的手这么说话时,眼睛都带着光芒。

他深深看着江红娣,忽然无比温柔,说:"挣钱,也给我红儿治眼睛。"

严子龙满心感动,说:"韩哥,这些长大后学成的年轻人,未必愿意回到家乡,建设家乡,这个问题你怎么看?"

"那有什么,可以理解,每个人的梦想不一样,我们不能一概而论,更不能要求别人怎样做。严于律己、宽以待人嘛,先做好自己是最重要的。"

韩家树话音刚落,一直沉默的江红娣开口了:"人本身就是恋旧的,故乡这个有生命力的地方,谁也不会忘,总有一天,他们会用适合自己的方式,来回报家乡。我绝对相信!但是我们不能要求他们非得以回到家乡寸步不离这一种形式来表达心中的爱，我们允许一切形式的存在。在建设家乡这个问题上，我相信我的孩子们。"

严子龙和韩家树正聊得起劲，突然听到孩子们大喊："桃花源到啦！"

原来他们把郊游的地方叫作"桃花源"。

江红娣握着谭欣的手说："姐，你说我们的家乡美不美？"

"美，山美水美人更美！"

谭欣低头瞅着江红娣漂亮的眼睛，心想要是江红娣的眼睛能治好该多好。

"红儿，你的眼睛一定可以治好，别灰心！我们一起想办法！"

"谢谢姐，我不灰心，我只是不想给别人添麻烦。"

"你不是别人的麻烦，你是孩子们的希望，是他们嘴里心里叫着的江妈妈，因为有你在，他们的童年才不缺少母爱，他们的情感中的一环才没有断。"

"我的眼睛看不见，但我的心看得见，我的韩家树看得见。我还是愿意竭尽所能，为孩子们点一盏灯……"江红娣的声音无比温柔。

江红娣回头，循着声音寻找韩家树的身影。

"当年小的时候，没想过会跟他有这么深的羁绊，眼睛刚出问题的时候，也灰心绝望过……可他，是真好。俩人能有同样的梦想，也是，真好。"

月亮与六便士。他们这是为了月亮，放弃了丰厚的物质生活，甘于六便士的清贫啊。谭欣这么想着，忽然认可了《月亮与六便士》中查尔斯的选择——我不想谋生。我想生活。

"你们永远不会孤独是吗?"

"心里富足了,就不孤独了。"

谭欣沉默了。

"桃花源"里,孩子们围坐一圈,玩起"丢手绢"的游戏,输的那个人,要表演一个节目。有人唱歌,有人讲故事,有人背古诗,有人说单口相声,有人"尬舞"。他们玩得兴起,严子龙也录得带劲。

活动最后,江红娣拿出五颜六色的气球,告诉孩子们,先把气球吹大,再用签字笔在气球上写下自己的心愿,一齐放飞,我们的心愿就能达成啦。

孩子们鼓着腮帮子,使劲吹啊吹,气球鼓着圆滚滚的小肚皮,在孩子们柔软的小嘴边蹭来蹭去。

吹好气球的孩子,接过校长爷爷准备好的签字笔,一笔一画地认真写着自己的小心愿。低年级的孩子们不会写的字,就用拼音代替,没学好拼音的"小豆丁们"就用他们自己能看懂的符号代替。

放飞气球的那一刻,发生了意外。

没有兴奋激动的欢呼声,却有哭声。刚开始是一个小女孩,接着是两个,三个,然后是男孩子,最后三十八个孩子齐刷刷地都哭了。

江红娣沉默着,她搂搂这个,抱抱那个,可孩子们的哭声却没停下。

严子龙吓了一跳,有点儿搞不明白状况。

谭欣是做了妈妈的人,她知道,孩子们想爸爸妈妈了。

严子龙挨个询问哭泣的孩子们："我们不哭了，我们来说自己的愿望和梦想好不好？"

"我叫王家栋，我的愿望是让爸爸陪我放一次风筝！"

"我叫李佳，我的愿望是妈妈永远在身边。"

"我叫赵早早，我的愿望是能在每天睡觉前，听妈妈给我讲童话故事。"

"我叫刘星，我的愿望是让爸爸教我骑自行车。"

……

孩子们的愿望实在稀疏平常,却每一个都与爸爸妈妈有关,对他们来说无比奢侈、珍贵。这份奢望背后的思念和期盼，足以狠狠折磨着孩子们幼小的心灵，让他们的童年有一根扎在心里的刺，拔不掉、摸不着。

韩家树眼圈泛红，说："今年中秋节，绑也要把孩子们的爸爸妈妈绑回来。孩子的童年只有一次，错失了真的无法弥补，金钱再重要，也没有孩子们童真的笑脸重要。"

江红娣为了打破悲伤的气氛，提议组织一次"竞赛活动"，比赛谁先回到图书馆！除了最后三名小朋友，每个孩子都可以选两本书带回教室看，最先回到学校的小朋友，还可以担任一周图书馆"管理员"！

这个提议瞬间让孩子们高兴起来，兴冲冲地投入了竞赛环节。

"预备，跑！"韩家树一声令下。

孩子们撒丫子开跑，韩家树和严子龙赶紧跟上，一左一右，卡在山路两侧，保护孩子们的安全。

谭欣不无担心地问江红娣："要是后三名的孩子，没书看……这样不好吧?"

江红娣笑起来,说:"前面的同学都有选择两本书的机会啊!只要大家主动分享,就人人都有书看啦!孩子们会做到的!"

谭欣牵着江红娣走进教室时,果然三十八个孩子全部正坐在教室里认真看书,有的孩子面前有两本,有的孩子面前有一本。

孩子们认真读书的样子,让谭欣无比感动。

谭欣和严子龙要走时,几个孩子找到他们,小男孩拘谨地问严子龙:"哥哥,你还能打开摄像机吗?我们说了愿望,还都没说梦想……"

严子龙抬头,果然看见孩子们挤在教室门口眼巴巴地看他。他迅速打开摄像机,说:"好,现在是时候说出你们的梦想啦!"

那时间,孩子们忽然异口同声地说:"我们的梦想是让江妈妈看见我们!"

方经理听了谭欣和严子龙的汇报,第一时间给集团相关领导打电话请示,第二天刚上班就接到集团领导回复:同意泉城路新华书店给"阳光小学"捐赠图书。

当晚,严子龙喝完两大杯浓咖啡,用心剪辑了三条视频,深情地讲述韩家树、江红娣和孩子们的故事。视频在新华书店的官方平台上一发布就吸引了很多人转发、评论,迅速掀起了一股关爱留守儿童的热潮。

有人留言想给孩子们邮寄些书和衣服,有人积极跑去村里做志愿者,还有人要联系学校,资助孩子们来省城参观游学!

也有人留言想给"江红娣妈妈"捐款,希望她早日康复。

韩家树拒绝了大家给江红娣的捐款,却积极与新华书店协商,共同发起了一场"星星点灯"活动,助力留守儿童圆梦——让爸爸妈妈们回家过节!

(四)

> 世界上只有少数人能够最终达到自己的理想。我们的生活很单纯、很简朴。我们并不野心勃勃,如果说我们也有骄傲的话,那是因为在想到通过双手获得的劳动成果时的骄傲。我们对别人既不嫉妒,更不怀恨。唉,我亲爱的先生,有人认为劳动的幸福是句空话,对我说来可不是这样。我深深感到这句话的重要意义。我是个很幸福的人。

——威廉·萨默塞特·毛姆《月亮与六便士》

谭欣终于读完了《月亮和六便士》,她想:原来,人生是真的没有正确选择的。

她终于明白,并非她没有梦想,只是她的梦想本身就真实可靠。她的梦想与丈夫不同,她只渴望真实、平稳、安全。同时,对于她的"查尔斯",她选择谅解和放过,选择给予两人各自追梦的权利。

她离婚了。

中秋节,"阳光小学"里特别热闹。孩子的爸爸妈妈从天南海北赶了回来,陪着孩子们开联欢会、领奖状,优秀班干部、学习小标兵、作文小状元、绘画小天才、运动小健将……一张张红艳艳的奖状,从爸爸妈妈的手里递到孩子们手里,一句句诚挚的颁奖词,从爸爸妈妈心里送到孩子们心里。

国庆节,泉城路新华书店邀请孩子到山东书城参观游学,体验读书活动、当小小管理员。

半年后,江红娣给谭欣打电话:她终于等到了属于自己的眼角膜!

三个爸爸

THE BOOK THE BOOKSTORE

爸爸的爱,就是始终不渝的相信和巧妙的支持。

——阿兰德·丹姆《小熊和最好的爸爸》

（一）

> "来，宝贝，该和爸爸睡觉了。"熊爸爸说。
> "为什么要睡觉？不要，我现在不想睡呢。"小熊小声嘟哝着，"坏爸爸。"

——阿兰德·丹姆《小熊和最好的爸爸》

"小朋友们，欢迎来到蹦蹦龙爸爸的读书会。这一期我们分享的绘本是什么？"

"《小熊和最好的爸爸》！"

一群稚气可爱的孩子里，只有一个九岁的孩子望着天空神游天外。

严子龙望着他黑湛湛如天上明星般的眼睛，试图把他拉进其他小朋友所在的热闹圈子，便问："小祟，你有没有看过这本书？"

叫了三遍才把走神的孩子叫回来，小崇望着他，眼神有点儿悲伤，嘴巴瘪一瘪，两颗眼泪迫不及待地从眼睛里滚出来，转而就大声哭了起来。

"蹦蹦龙……我疼，呜呜……"

配合宣传工作的同事小舒是个热心肠的姑娘，她把小崇带到一旁，帮他检查身体。这一检查才发现，小崇的胳膊和后背上一片青紫，瘀血的痕迹触目惊心。一看就不是刚刚落下的伤，反倒像被重物使劲撞击后留下的伤痕。

小舒和严子龙眼神复杂地对视了一下，两人的表情都凝重起来。

心里翻江倒海地折腾了一番，小舒忘了到底是哪位作家说过，这世上最忍受不了的事有两样，一是暮老乞讨，二是稚子受伤。眼前受伤的小男孩踯躅在她柔弱的心尖上，一下下地疼，小舒忍不了。

"可别让我知道是大人故意干的，要不我非得放到网上让他身败名裂不可。"

严子龙主持的这个儿童读书角，已经运营了将近一年的时间。他这个人吧，虽然有点儿社恐，但跟天真单纯的孩子们相处起来却十分顺恰。严子龙声音好也有耐心，业余时间把自己录的童话故事音频放到网上，以"蹦蹦龙爸爸"的网名收获了一批铁杆小粉丝，而小崇正是最老的一批粉丝之一。正因为受到了家长的认可，"蹦蹦龙爸爸读书角"的声誉是越来越好了。

严子龙牵起小崇的手，怜惜地说："大青虫，上次咱俩不是打赌，看谁记得的奥特曼名字多吗？我记得没你多，我堂堂蹦蹦龙，愿赌服输，现在该给你兑现战利品了。不过咱们说好了，只能买一个礼物。你想要什么啊？"

无数颗星星在小崇的眼睛里被点亮，问："真的啊！奥特曼模型行吗？"

"当然可以啊，选个你喜欢的奥特战士吧！"

"嗯……那我选梦比优斯吧。"

"为什么啊，你不是不喜欢他吗？"

"可是你喜欢啊，到时候咱们可以一起玩。就要梦比优斯吧。"

严子龙的心有点儿疼，这么善解人意的孩子，为什么会受到这样的对待呢？

"小崇，你能跟我说说，身上的伤是怎么来的吗？"

小崇的眼神闪躲了一下，在严子龙温和的注视下，他说："是爸爸打的。"

严子龙的表情变了，那些过往如同海啸席卷了他。童年不幸福的人，需要用多久才能治愈？他想起自己的童年——在鲁东山区一个不知名的小渔村里，住着一家三口，柔弱的母亲和幼年的孩子在强势的父亲掌控下生活得胆战心惊，在那个以父权为中心的传统家庭里，谨小慎微的严子龙学会了用沉默寡言来避免一场又一场的战争。贫瘠的童年带着白色的伤痕让他选择远离人群，大学毕业后他选择留在济南工作，能跟人用电脑或手机沟通的，绝对不会多说一句话。日子一天天过，他已经变成这个陌生又熟悉的城市里的一股水流，唯一觉得对不起的，是风烛残年的母亲。

望着眼前的孩子，那个住在他心里一直不曾长大的少年说:"你得管一管。"

于是,他决定跟孩子的母亲聊一聊。

(二)

> "嗨,黑鸟,你的爸爸也这么烦吗?"

——阿兰德·丹姆《小熊和最好的爸爸》

傍晚,加了大半天班的张丽丽来接小崇回家。

张丽丽这人,要强得很。她自己开了一家外贸公司,平时工作比较忙,周末也几乎不休息。陪伴孩子的时间少了,心里总会有些愧疚,她想给他最好的教育,因此给他报了许多兴趣班,又想让他从小养成爱读书的好习惯,因此经常将他送到书店来。书店搞得每一次阅读打卡活动她都不遗余力地让小崇参加,唯恐因为一次缺席就耽误了孩子的学习。对待孩子的学习和成长,张丽丽不可谓不上心,只是在孩子的成长中少了她的陪伴。

"哎呀,严老师,真不好意思,给您添麻烦了。你看今天我又来晚了,工作实在是太忙了,不好意思。"

"小崇妈妈,不知道您有时间吗?我……想跟您聊一下……"

"好啊。"

严子龙把小崇支开,跟张丽丽找了个安静的角落聊天。他不太擅长跟人打交道,尤其是跟这种自来熟的女性。他不自然地挪了挪屁股,坐得离她远了些。相比面对小朋友们时那个神灵活现的蹦蹦龙爸爸,此时的他看起来就像个老态龙钟的东海龙王,不敢直视对方的眼睛,声音也有点儿蔫儿。他问:"您工作这么忙,每天还要带孩子,确实很辛苦……是不是孩子爸爸也比较忙,他有时间带孩子吗?"

一说起这个,张丽丽仿佛被拧开了的水龙头,有无数的话要讲。

"严老师,您可别提了,一说这个我就心烦。我跟他爸爸啊,性格不合。他爸爸那个人呢,太没有上进心了,倒是有份工作,也不忙,每天早走晚来的。回家来就喜欢玩游戏,也不怎么管孩子。我害怕他给孩子树立了坏榜样,有时候着急了就跟他吵,一开始他还听,后来我也是太忙了,孩子全交给他一个人管,他怕累,心里不平衡。再赶上那段时间孩子的学习成绩直线下降,我们俩都着急,互相埋怨又吵起来了,吵着吵着两个人的关系就不好了。"

严子龙侧面又问:"那,小崇跟爸爸的关系怎么样啊?"

"很好啊,他爸爸又不管他,想怎么玩就怎么玩。打游戏还带着他,小孩子哪有什么分辨能力?肯定喜欢跟他爸爸玩呗。光这么玩,迟早把孩子给带废了,所以我才跟他离婚了。"

严子龙吃了一惊:"离婚了?"

"是啊,都离婚一年了。平时就给点儿生活费,不怎么来往的。"

那孩子身上的伤是怎么来的？难道是爸爸把对妈妈的不满全发泄到了孩子身上？严子龙把小祟受伤的事告诉了张丽丽。

"小祟后背受伤了，您知不知道？"

他的话刚开了个头，甚至都没说出下一句，张丽丽一下子站了起来，连凳子都被她过猛的力气带倒了。

"真的?!"

小舒白天写完了宣传的稿子，放心不下孩子的伤势，拿了点儿活血化瘀的药又过来探望。

小祟正在用乐高拼一个奥特曼，手里忙着，嘴里还在快乐地唱着奥特曼的主题曲，旁边摆着刚才严子龙买给他的梦比优斯。

突然，张丽丽像头猛兽似的冲了过来，二话不说就撩起了孩子的衣服，那一片青紫的伤痕化作一团烈火，吞噬了母亲的眼睛，留下了愤怒的余烬。

"小祟，告诉妈妈，谁打你了？"

小祟被他妈妈这种要跟人拼命的阵势吓得一句话都不敢说。他怯怯的目光徘徊在严子龙、小舒和妈妈三个大人之间，突然哇的一声大哭了起来。

严子龙赶紧去哄，小舒又劝。张丽丽像头暴怒的狮子不停地诅咒，自己的孩子受到伤害，不管是动物还是人类，随便哪一个母亲都不能保持冷静。她脑子里已经上演了无数纠结的大片，难道是学校里调皮的孩子打的，她的儿子遭受了校园暴力？或者是工业园区里生产酱菜的竞争对手对自己不满意找人打了自己的孩子？或者是楼上的邻居不讲公德，半夜里总是鬼哭狼嚎，自己害怕耽误孩子休息一遍遍去找，因此他们怀恨在心?

"快说啊,到底谁把你打成这样的?妈妈肯定饶不了他们!"

哭声、叫喊声、劝解声吵成一片,仿佛要把三楼阅读区的房顶给掀下来。

"停!"小舒中气十足地喊了一声,"都别吵了!"

严子龙想:幸好早就过了营业时间,要不这样大的骚乱肯定是要上社会新闻的。

"咱们还是先听听小崇怎么说。"严子龙说。

在母亲的逼问下,好半天小崇才说:"是林爸爸。"

张丽丽呆了,搂过小崇紧紧抱住了他。

"怎么会是他?都怪妈妈交友不慎才害你受伤!他为什么打你?你告诉我啊!"

小崇看着妈妈声色俱厉的样子,摇摇头又哭了,死活不肯说出背后的原因。

(三)

> "你好啊,小狐狸,你的爸爸会做些什么呢?"
> "如果我的毛脏了,爸爸会给我舔干净。"

——阿兰德·丹姆《小熊和最好的爸爸》

林荫路小学一年一度的运动会隆重开幕了。

小崇很有运动天赋，跑得又快，班主任给他报了两项个人项目和一个团体项目。

学校广播里传来"请参加'两人三足'项目的运动员抓紧时间就位"的通知，其他组小朋友在父亲或是母亲的陪伴下已经早早等在那里了。

只有刚刚跑完一百米的小崇步子慢吞吞的，一脸担忧地望着四周。

组织比赛的王老师催促他："这位同学，怎么只有你一个人啊，家长呢？"

小崇回头又看了一眼，说："我妈妈还没来。"

"那不行啊，我们的比赛马上开始了，你自己没法参加。"

小崇看着其他组父母子女之间的互动和他们脸上跃跃欲试的表情，明亮的眼神黯淡了。但是他又不能完全怪母亲，因为早上张丽丽身体不舒服还坚持给小崇做了早饭把他送到学校，妈妈都已经这么辛苦了还要上班，所以那句提醒她"不要忘记参加运动会"的话就在嘴边，可是怎么也说不出口。

唉，还是不参加了吧……这样想着，小崇缓缓举起了手，说："老师，我不能……"

"小崇！"一个男人的声音打断了他的话。林放穿着一身运动服笑着说，"你的伙伴来了。"

"林爸爸？！"小崇的表情有点儿惊恐，要说现在他最不想看见的人就是林放了。

因为小崇受伤的原因，张丽丽冲动之下跟林放大吵一架，甚至不允许林放再见小崇。林放还记得与小崇的约定，"两人三足"的项目练了半个月,总得有个结果。而且他认为得跟小崇聊一聊他受伤的事情。

"我不参加了,不参加!"小崇反应十分激烈,看林放一步步走过来要接近自己,更是怕得掉头就跑。

林放拉住小崇,但孩子挣扎得厉害,大力甩开他的手,躲到老师身后死也不肯出来。

就在僵持之下,一道中气十足的声音伴着粗重的步伐跑过来,他毫不客气地伸手将林放推到了一边。

"姓林的,离我儿子远点儿!"

"爸爸!"小崇简直不敢相信自己的眼睛,"你怎么来了?"

胡战是接到张丽丽的电话才来的。本来他不太情愿来参加儿子的运动会,有那个时间还不如窝在家里打一盘游戏来得舒服。但张丽丽自己抽不开身,又不想让小崇失望,所以才软硬兼施、又吼又叫地把胡战给逼到学校来了。

胡战也挺生气,说:"你不是新找了个小白脸吗,怎么不让小白脸去?"

张丽丽晓得他鲁莽的性格,没敢把小崇受伤的事情告诉他,便说:"他没空。"

"他没空,我更没空!"

"你到底是不是孩子的爸爸?不是我就找别人!"

"行,你别管了。"胡战骂骂咧咧地挂了电话。

本就一肚子气,这会儿看见林放也在,胡战更生气。他想这张丽丽可真会摆布人,前夫和现任见面,分外眼红。

胡战又胖又高,清瘦的林放站在他跟前劣势尽显。胡战越想越生气,一挥手将林放推了个趔趄。

"闪开！我跟我儿子跑。"

林放也没示弱，他想走到小祟跟前问问他的意见。

小祟却误会了他的意思，吓得拽住老师的衣服大喊："别碰我，别碰我！"

情势一目了然。林放的手搁在半空，尴尬得很。

胡战得意得像个常胜将军，招了招手叫小祟："儿子，过来！老爸陪你跑。"

小祟赶紧跑过去，细瘦的胳膊圈不住胡战的大肚子，抱住了一半，像是溺水的人抓住了救生浮木。难过的情绪从那双黑白分明的大眼睛里透出来，看的却是林放的方向。

他什么也没说，一个动作就表明了自己的立场。

林放看着小祟，脸上的表情晦涩不明，他望着孩子笑了一声，声音却是温和的，说："我们，还是得找个机会聊一下。"

小祟打了个哆嗦。

胡战觉得不对，自己的儿子为什么这么害怕这个男人？

（四）

> "小蟾蜍，你们好啊！你们的爸爸会做些什么呢？"
>
> "我们想去哪里，爸爸就会带我们去哪里。"

——阿兰德·丹姆《小熊和最好的爸爸》

"父亲在家庭教育中的定位决定了父亲在家庭教育中的作用,那么父亲到底应该发挥什么作用呢?"

书城新一期的公益讲座中,邀请了一位心理学专家,专门讲述父亲在家庭教育中的重要性以及如何提高父亲在家庭教育中的参与性。严子龙也在其中,不止认真地听完了讲座,还写了非常详细的分析笔记。

讲座结束后,老贾看着仍在奋笔疾书的严子龙,问自己带的徒弟小舒:"这小子犯什么病,搞个'蹦蹦龙爸爸读书会',就对当爸爸这事儿这么上心了?"

小舒当然知道原因,上次事件发生后,连续两周周末的"蹦蹦龙爸爸读书会"小崇都缺席了,也不知道他的伤势好点儿没,事情的后续到底怎么样了。

周日早上九点,严子龙照例去面包店吃早餐,要一杯咖啡打包带进书城。他坐电梯去三楼,脑子里想着,这一期还是分享那本风靡多年的儿童经典绘本《小熊和最好的爸爸》好了。

小舒仍是来配合做宣传,气喘吁吁地爬上楼,下意识去搜索小崇的背影。

"没来。"一道幽幽的男声从身后传来,"不用找了。"

小舒使劲倒了一口气,好半天才说出话来:"你要吓死我啊!"

严子龙整理着讲述时别在领口上的小型扩音器说:"有什么好处?我可背不动你。"

这时,他听到一个细微的声音叫他:"蹦蹦龙……"

严子龙猛地回头，只见小崇像往常那样，背着个小书包，怀里抱着自己送给他的梦比优斯，朝他比了个奥特曼发射射线的经典动作。严子龙跑过去，一把抱起了小崇，抬高双臂将他举起来，还转了两个圈。

"你怎么才来啊，大青虫。"

这次分享，是小崇领读的。稚嫩的声音响起，像圆润的珍珠散在三楼的每一个角落。

"我爸爸什么都不怕，连坏蛋大野狼也不怕。他可以从月亮上跳过去，还会走高空绳索……"

分享会结束，小舒把自己的零食毫无保留地分享给小崇。严子龙问他的伤好了吗，小崇说都好了。

"那你为什么两周都没来阅读会啊？"

"我妈跟我爸分手了呗。"

小舒问："哪个爸，是你妈的男朋友吗？"

"对啊。林放叔叔。"小崇低头想了一会，说，"我妈骂得可凶了，我爸爸什么都不说，我妈就一直骂他、打他，到最后就分手了。"

"分了活该！"小舒打抱不平，"他无缘无故地打你，就是他不对。这种人你还叫什么爸爸啊？"

过了好一会儿，小崇才低着头低声说："林放叔叔很好的。"

"好什么好？打人就是不对！"

严子龙打断了小舒，又问小崇："你是不是有点儿害怕这个叫林放的叔叔啊？"

小崇点了点头，说："他总是教育我，哪里做得不对都要说。"

"林放叔叔是做什么的啊?"

"是个老师。"

严子龙心想:那可能就是职业病使然,哪个严厉的老师见到学生做得不对会不管呢?但是管归管,总不能动手吧,这样有暴力倾向的人怎么还能为人师表,简直是在戕害祖国的花朵!

小崇的眼睛红了,说:"蹦蹦龙,我又没有爸爸了。"

泪水砸在书本上,摊开的那一页上面正好写着:我的爸爸是世界上最好的爸爸。

严子龙又回想起自己的成长经历,虽然父亲严厉而专制,但他每日早早出海,母亲在家里缝缝补补,晚上回到家,一家人会围着餐桌说话。抛去那些不愉快的阴影,在那张低矮破旧的餐桌旁,一些做人的道理都是那时候父亲对他讲的。终其一生,他可能都在沿着父亲在童年时给他铺下的责任和道义之路行走。父亲是山,厚重沉稳,父亲是河,绵长温厚;父亲犹如定海神针,让他失去了很多,却也得到了很多。

"没关系,你还有蹦蹦龙爸爸。"

(五)

> "你的爸爸会做些什么呢,小鹰?"
>
> "爸爸正在教我怎样飞起来。你想学吗?"

——阿兰德·丹姆《小熊和最好的爸爸》

新的一周又开始了。

书店总是那样,熙熙攘攘,来来往往。

有些顾客一年也来不了几次,有些顾客来了就不愿走。

众生百态像一幅人情世故画,装裱在书城的各个角落。

时间过得飞快,眼看中秋节和国庆节就要到了。佳节良夜,阖家团圆,书城想出一期专题。

方林老早就在群里下通知,今天九点开碰头会,大家头脑风暴一下,各自说一下点子。

老贾其实早有想法,中秋国庆年年过,岁岁年年策划案。自己作为文化战线上的一名老员工,到底还有什么策划方案能难倒他?

这么一想,他忍不住就有点儿飘:"把酒问姮娥:被白发,欺人奈何?乘风好去,长空万里,直下看山河。"

小舒刚入职,菜鸟一个,正憋足了劲儿想在这次活动中大放异彩,师傅自信的表现又让她不淡定了,说:"师傅,这策划案咋做啊?您教教我吧。"

老贾正准备长篇大论,好好传授一下自己的"秘籍",谁承想其他部门的同事破门而入,说:"大家快去三楼看看啊,严子龙那个读书角有人闹事!"

书城三楼,围满了吃瓜群众,毕竟是公共场所,谁也不愿意发生新闻舆情给自己找不痛快。老贾忙着疏散人群,小舒成功挤了进去,这种关头,虽然不该跑题,但小舒通过与人群的摩擦力度,惊喜地发现她瘦了。

地上躺着个男人，文质彬彬的还戴着眼镜，正是林放。站在他身边目眦欲裂的男人，是小崇的亲爸爸胡战。

小崇不知所措地站在一边，不知道到底要帮谁。严子龙将他挡在自己身后，害怕会误伤到他。

"严子龙，到底怎么回事啊？"

"这家伙鬼鬼祟祟地跟踪小崇，幸好让我给发现了。"胡战气得一蹦三尺高，抡起拳头又要打人，"我真就不明白了，你怎么能这么不要脸？"

"你嘴巴放干净点儿，"林放为自己辩解，"要不是看在你是小崇亲爸爸的分上，我早就报警了！"

"你报啊！正好我也想报警呢，就告你虐待儿童！"胡战越想越生气，"都怪张丽丽那个女人不争气，死活闹离婚，离婚了你倒是找个好男人啊，你看看找的这是个什么玩意？看着人模狗样的，其实心黑着呢，还敢动手打我儿子！"胡战越说声音越颤抖，恼得都要掉眼泪了，"我自己都不舍得碰他一个手指头，你打得倒是顺手！"

胡战掀翻了阻止他动粗的严子龙，上手又要打人。

小崇在一边喊："别打了，别打了！"

严子龙大喝一声："老贾、小舒，别看热闹了，快帮忙啊！"

老贾和严子龙一边一个架住了胡战，小舒把林放扶起来。眼镜歪斜着挂在林放眼睛上，他往上推了一下，憋红了脸也很生气，说："谁说我打孩子了？小崇，我打你了吗？"

小崇吓得不敢说话。

严子龙有些生气，冷笑道："没打孩子，那你还偷偷摸摸地过来看，怎么不在家里大大方方地看？"

小舒惊讶地发现，严子龙维护小祟的时候，不但不害怕跟人交流，还敢正面硬刚了。她也不能落人下风啊。

"对呀，你要是对孩子好好的，人家妈妈干吗还跟你分手啊？再说了，都已经分手了，你还骚扰孩子干什么？"

林放有点儿磨不开面子，支吾了半天还是说了真话："我……就是想孩子了，所以过来看看。"

"别演了，"小舒拿出自己的手机在他眼前晃了晃，"我可是有证据的，都拍下来了。"

"我没有！"林放急了，"别说我没有打他，就算真动了手，也是为他好。子不教、父之过，我一个当老师的，孩子犯了错，我能不管吗？"

"哎，你们听见了吗？他还挺把自己当回事！"胡战来劲了，"什么子不教，这是我儿子，要教也是我来教，跟你有什么关系？"

林放望着他，幽幽问了一句："那你教了吗？"

"我，我怎么没教？"

严子龙打断了胡战的胡搅蛮缠，对林放说："家长把孩子送到我们这里来，我们就得尊重人家的意愿。你如果想见小祟，最起码先征得孩子妈妈的同意才行。而且，现场这么多人，总不能因为大人的矛盾，让无辜的孩子成为被人指指点点的对象。"

林放看了看小祟，说："你说得有道理，这一点儿是我不对。"

林放要走，胡战还要拦。

老贾心里明镜似的劝道："孩子爸爸我劝你也别闹事了。先动手的人是你，人家要告你，你现在就得进派出所了。何况啊，我觉得，你但凡能对孩子关心一点儿，也不会让坏人钻了空子,你说是不是?再说了,我看着这林老师不像个坏人。孩子,你说呢?"

小崇咬着下嘴唇,嗫嚅着想说些什么,可是他什么也没说。

人群都散得差不多了,胡战突然拦住了小舒问:"你刚才说,你留下什么证据了?"

(六)

> "别摔下来呀,小猴!"
> "没事!如果有危险,我爸爸会马上抱住我!"

——阿兰德·丹姆《小熊和最好的爸爸》

三天后,本地一个网络交流社区被一篇帖子引爆了。标题耸动人心,《小学老师家暴八岁龄童,请问这是社会的纵容还是人性的沦丧?》,虽然帖子里相关当事人都用了化名,并在人脸上都打了马赛克,但是明眼人一看都知道是谁发的,暗中指向的施暴者又是谁。

方林第一时间得知了这个消息,因为照片的背景是在书城,很难不深陷舆论的漩涡。有好事的记者也过来采访,方林忙着应付媒体,谁也没想到网络时代,一张照片就会让事件发酵到这个程度。

"是你把照片给他的?"老贾问徒弟小舒。

小舒都快急哭了,说:"不是不是,那天他就问了一句,可是事情没搞明白,我怎么能乱发呢?"

严子龙也纳闷:"那就奇怪了。"

老贾又问:"你还把照片发给谁了?"

"就给孩子妈妈发过。"小舒道,"龙哥,要不咱们到孩子家里看看吧?"

"正有此意。"

张丽丽的微信联系不上,严子龙找到了读书会注册的会员信息登记表。两人倒了两次车才找到济南城西的一个小区,他们没怎么费劲就找到了小祟家,人群聚集的地方必然就是热点所在。新闻记者和短视频平台的主播们将他们家团团围了起来,但张丽丽态度坚决,概不接受采访。

严子龙和小舒的到来仿佛为这个事件撕开了一个缺口,每个自媒体人员人手一部手机,无数的手机镜头恨不得推到人脸上去,仿佛要把人从那个黑洞洞的小眼中吞噬。难以想象这户人家正在经历怎样铺天盖地的信息风暴,又是如何一点点被那些真真假假的信息和这群所谓的"自媒体人"蚕食掉了私人生活领域。

林放拎着个塑料袋戴着口罩走进楼道,众人似乎像是蚊子盯上了人血,呼啦一下将他包围得密不透风。

小舒问严子龙:"这个节骨眼他还敢来啊?"

各种问询的声音将林放鲸吞。

"你为什么要家暴孩子?"

"你是否有心理问题?"

"你这样的人怎么配当老师?"

质疑的声音像是利刃要将他层层剖开,去探寻他行为背后的原因。

林放被推搡着寸步难行。

小舒和严子龙望着他狼狈的样子,于心不忍。

门突然被打开,张丽丽没拦住小崇,小崇像个小火箭一样将围在林放身边的人一一推开,人们仿佛发现了新大陆一般,无数的镜头聚焦到孩子身上,林放却用自己的身躯挡住了他们试图蚕食孩子的脚步。

"都是我的错,跟孩子没关系。你们想采访什么,我告诉你们。"

小崇哭了,说:"不对不对!不是林爸爸的错!我爸爸没有打我,是我不小心撞伤的。是我撒谎了,不是他!不是他!"

被众人逼迫的小崇的尖利尾音刺痛了严子龙的心。

严子龙阻挡着拍摄的人群,小舒气得大喊:"你们不经过我们的允许,随意拍摄我们的脸并且放到网上,我会告你们侵犯肖像权。不信咱们就法庭见。"

有些主播的手机屏幕上一些恶意的话不断弹出:哪来的胖子?长成这样还来玷污我们的眼球!长得丑就可以这么横?!

仿佛穿越了枪林弹雨般的袭击,他们终于走进了家门。一道门隔开了两个世界,他们终于清静下来。

四个大人和一个孩子劫后余生似的看着彼此,想起刚才荒诞而不可理喻的一幕,不约而同地苦笑起来。

张丽丽有些不自然地看着林放,别扭地问:"你过来干什么?"

"我就是担心你们,买点儿菜过来给你们做饭。"

张丽丽嗔一句:"自身都难保了,还操心别人干什么?既然不是你打的孩子,干吗不早说呢?"

她说着却懊恼得眼圈都红了,说:"早知道我就不把照片发给胡战了,他只说给鉴定伤情,谁想到会发到网上去!你这孩子也是,为什么不早说?"

小祟瘪着嘴,一副要哭的样子。

"好了,你不要说了。"林放道,"是我不对。小祟做错事,我可以慢慢引导,不该上来就硬讲道理。孩子虽然小,但是也有自尊心,我们做大人的,不该以自己的角度去揣测孩子的。"

后来大家才知道,原来那天小祟考试成绩不理想,害怕被批评就撒了谎。林放发现后给他讲道理,小祟以为他生气了,着急往外跑的时候才让自己受了伤。

后来,严子龙和小舒临离开的时候,小祟和妈妈把他们送到门口,张丽丽说:"严老师,报道出来之后,学校也不能去了。小祟受到的关注太多,也有不明事理的人说一些很难听的话。大人还好,起码有承受压力的能力,但对孩子来说不容易。为了小祟的健康成长,我要离开这里回老家了。我以前总是在忙,忙事业忙人脉忙业务,唯独对孩子缺乏关爱。这事出了之后吧,反而有机会待在家里了。每天给他做做饭,陪他玩会儿玩具,心里别提有多踏实了。"

"蹦蹦龙爸爸,以后我会给你写信的。"

"好。"

有那么一瞬间,盯着孩子纯净无瑕的眼神,严子龙的眼泪都要掉出来了。离别总是令人伤感的,尤其是跟这个曾经给过他全部的信任和喜爱的小生命离别更是倍加伤感。

（七）

> "你们的爸爸会做些什么呢，小企鹅？"
> "他会让我们暖暖乎乎，快快乐乐地长大。"

——阿兰德·丹姆《小熊和最好的爸爸》

周末上午九点的泉城路，依然是车水马龙。

严子龙坐在面包店里，吃完了一只羊角面包。临出门前，照例打包了一杯咖啡带走。

早上的书本沐浴在晨光之中，连文字都温柔了。

严子龙的办公桌上有一封信，上面用稚嫩的笔迹歪歪扭扭地写着"严子龙爸爸收"几个字。

老贾端一杯茶，朝刚刚进门的严子龙努了努嘴，说："你儿子给你写信了。"

严子龙脸上的笑意倏然放大。

老贾撇嘴说："我怎么就碰不上这样的便宜儿子？唉，我好比笼中鸟有翅难展，我好比虎离山受了孤单。我好比南来雁失群飞散，我好比浅水龙困在沙滩。"

小舒进门，正好听见师傅唱的最后那段戏词，摇摇头道：

"师傅,您就别酸了,赶紧干活去吧。"

办公室里只剩下严子龙一个人,他展开了信:

蹦蹦龙爸爸,你好。我已经回到妈妈的老家了,我很喜欢这里。我每天都会用妈妈的手机听"蹦蹦龙爸爸讲故事"。对了,你猜还有谁跟我们在一起?对了,是林放爸爸。他不让我看太多电视,害怕眼睛会变坏。我不认真写字的时候,他也会批评我。他真的很凶,就像大灰狼一样。可是他对我真的很好,我最喜欢他了。好了,就写到这里吧,爸爸要带我出去玩了。

严子龙把信折叠好,小心翼翼地放进信封里。他想:一会儿的读书会就讲一个《三个爸爸》的故事好了——从前有一条大青虫,他有三个爸爸。第一个爸爸喜欢玩手机游戏,也喜欢带他一起玩,可是却不怎么花时间陪他玩别的游戏;第二个爸爸很凶,总是管教他,他做错事还要批评他,却一直关注他,陪他玩;还有一个爸爸,不太爱说话却喜欢讲故事,他最喜欢的奥特曼英雄是梦比优斯……你猜,这个小朋友最喜欢哪个爸爸啊?

温暖的阳光照在桌上摊开的书页上,那本书的名字叫《小熊和最好的爸爸》:

"宝贝,等我们睡醒了,就一起去抓鱼。"

"耶!我就想要这个!我的爸爸是世界上最好的爸爸!"

东方有明星

THE BOOK THE BOOKSTORE

读书不是为了雄辩和驳斥,也不是为了轻信和盲从,而是为了思考和权衡。

——弗朗西斯·培根

（一）

> 生命的意义，在于人与人的相互照亮。

——纪伯伦

初春，周五，晴。

济南的春风早早"吹皱一池春水"，吹得大明湖畔"杨柳堆烟"，浮现出"帘幕无重数"的迷人画面。

在这个古朴、静谧、明丽、热情的早晨，每个人的脸上都笑意盈盈的。

新华书店员工严子龙此时正沉浸在芙蓉老街"传统油旋儿""五香甜沫"的美味中，慢吞吞地朝巷子口走。

忽然电话铃声大作，小舒电话里扯着嗓子大喊："虫子，严小虫！你还在磨蹭什么？你已经迟到五分钟三十六秒了，再不来，今天算你旷工！"

严子龙这才反应过来。他昨天熬夜做了六个关于书籍宣传的短视频，今早起晚了，本以为可以快马加鞭准时到达，无奈被美食诱惑，一路跑偏。

严子龙急匆匆地赶去书店。

书店开门不久，顾客不多，店里员工都在忙着书籍上新。小舒一看见严子龙，就举着拳头作势要"揍"他，严子龙假装害怕地躲开，赶紧赔笑道："小舒公主，扛书上架的小活，放着我来，放着我来。"

严子龙是出了名的"胆小社恐虫"，是个一说话就脸红的主。在书店，他和小舒关系最好，两人是响当当的"铁哥们"，也幸亏有小舒这天不怕地不怕的活泼性子带着，严子龙每次跟她一起上班，都能有说有笑，热热闹闹的。

小舒的师父老贾总是笑吟吟地指指点点："这对活宝，愣是把新华书店搞成曲山艺海。"幸亏今天老贾不在，要不然又得嘲笑他俩。

突然哗啦一声巨响，畅销书区，左手边第二个货架第五层上的一堆书，莫名其妙地砸了下来，正好砸到低头找书的顾客头顶。

"哎哟"，一个女孩子跌坐在地上，手捂着头，秀气的眉眼，因为疼痛皱在一起。

严子龙和小舒赶紧跑过去。

"姑娘，你没事吧？真是抱歉，太抱歉了，是我们的问题，需不需要去医院？"小舒焦急问道。

"我还好，还好，没什么大事。"柳笛揉揉被砸得晕乎乎的脑袋，"人还健在，没什么大碍的。"

"非常抱歉。"今天店长不在，严子龙是带班负责人，出了这样的事，他必须要承担责任，"我们还是去医院检查一下吧？"

"不是，不是，不是你们书店的责任，是她，是这个小姑娘。"柳笛扭头看向左手边，那边站着一个不知所措、傻愣呆萌的小姑娘。

"陈末，又是你！"小舒打眼一看就认出了"肇事者"。

陈末连续三天来店里，成堆地买新锐作家云星的新书《在时间里流浪》，每次都买三十本，买完就在店里疯狂自拍，抱着书拍，搂着书拍，亲着书拍。不仅自拍，还让店里员工、读者帮她拍。

小舒也帮她拍过照片。小舒拍照技术不错，女孩总喜欢缠着她，还主动说了自己名字——陈末。

小舒注意到，她拍完照片后，不光晒朋友圈，还会发微博、小红书、抖音、快手，还总在阅读区与朋友们小声语音，眉飞色舞地炫耀自己今天又买了多少本，送出去了多少本，自己拍摄的宣传视频在平台有多少点赞、转发……

小舒收到好几次顾客的投诉，不得不善意提醒她："书店内请不要喧哗，不要影响客人看书。"她倒是一脸无辜又理直气壮，说："姐姐，我只是想宣传下云星的新书啊！"

即便是中午休息时间，陈末也不回去，总在阅读区趴着。

小舒忍不住问她："你为什么不回家？"

"不想回去！"

"你为什么买这么多书？"

陈末顿时兴奋激动起来，说："喜欢，喜欢啊！姐姐，这是我偶像，我的启明星！我最喜欢的作家！他的书我必须要支持！姐姐，我明天还来，麻烦告诉你们店长姐姐，别忘了给我留书哦，另外再帮我问问，云星到底什么时候来你们书店做新书签售会，我看他的宣传计划上有济南站，他去年的新书不就是在你们书店做的吗？今年还会在你们这里吧？什么时候？可否透露给我？"

陈末自来熟，话又多又快，说话跟倒豆子一样，砸得人耳根子疼。

小舒有点儿哭笑不得，这个小姑娘真是个不折不扣的追星族。

"我帮你问问店长。"

"谢谢姐姐，拜托，拜托，拜托！"

今天，陈末也是一大早就来了书店，比严子龙早。

还不等大家打扫完卫生，她就开启了疯狂的自拍模式，拍完卖场陈列的云星新书还不算，还想着把书架上的三十本书都摆到陈列桌上，再拍一组所谓的"大片"。

小舒拗不过陈末，答应等自己忙完了，帮她把货架调整下，让她拍照。她没想到，陈末会这么着急，竟然会偷偷摸摸地折腾货架，更没想到，她会失手把货架上的书推掉，还砸到了人。

"我就不该答应让你拍照。"小舒此时十二分的懊恼，"小姑娘，该干吗干吗去吧，一天天地泡在书店算啥？你不上学吗？"

陈末做了个鬼脸不说话，好半天才嘀咕："我又不是故意的。"

柳笛静静地站在陈末面前，她看一眼陈末，再看一眼地上掉落的书，再伸手指指自己的头。

"什么？"陈末有点儿蒙，还是傻傻地站着。

"小姑娘，你是不是欠我一句对不起？"柳笛笑着提醒道。

"姐姐，对不起！我不是有意的！请你大人大量原谅我！"陈末双手合十，姿态还是带着点儿调皮，说："我请你喝奶茶，权当赔罪啦！好不好？"

不等柳笛说话，陈末已经自来熟地把人拉去了书吧。小舒只好拖着严子龙收拾书架，一边把书摆得整整齐齐，一边不放心地偷看那"肇事者"。

（二）

> 读史使人明智，读诗使人灵秀，数学使人周密，科学使人深刻，伦理学使人庄重，逻辑修辞之学使人善辩，凡有所学，皆成性格。
>
> ——弗朗西斯·培根

"我叫陈末，姐姐，对不起！我以后做事情一定小心。"

"我叫柳笛，我没事儿，你不用客气。下次可不要太莽撞啦，否则，很容易出事！"

俩人在咖啡店落座后，陈末点了两杯咖啡，主动伸手示好。

柳笛搅拌着咖啡，抬眼看到陈末左耳边有颗小朱砂痣，颜色红润，格外吸引人。柳笛看着很有意思，不由想要多了解一下这个小姑娘。

"你多大了？"

"十七，高二！"

"你是济南人？"柳笛接着问。

"不是，我是德州的！嘿嘿，我是从家里偷跑出来的哦，我要参加云星的新书签售会！可惜，我来了才知道，签售会还有半个月才召开呢。不过办法总比困难多，他不来我就在书店等着呗，守株待兔，顺便多买些书，支持我偶像！"陈末开心地念叨，"远离了我妈，连空气都清新了不少！"

柳笛不禁蹙眉，她下意识看了眼陈末手边的书说："偷跑？你家里不知道？你这个年纪，一个人在外面多危险啊！我给你买票，你回家吧！"柳笛边说边拿出手机。

"我可谢谢您了！姐，姐，姐，我有钱，我真的有钱！您可别操心了。"陈末忙不迭从包里掏出手机，打开微信支付，当她看到零钱只剩不足三百元时，手停顿在半空三秒，尴尬地缩了回去。

"我本来有三千多，这几天买书花了两千多，但我回家的钱还够，还够！"

"那你怎么不回家呢？"柳笛不解地问道。

"回家干吗？继续跟我妈吵架？我就买几本书支持下我偶像，她就老大的不愿意！她又不缺这几个钱！"

"可你买太多了，再说，这也不单单是买书的事儿吧……"

"这可是我偶像新锐作家云星的新书——《在时间里流浪》！新书上架，我不得帮偶像打榜啊！你知道这本书吗？

写得超赞,我这次就是来支持他的。可我能力有限,才买了一百二十本,后援会好多粉丝都几百上千本的买,我这差得远呢,不行,不行。"

"作家还有后援会?"柳笛满脸无奈。

"他是我们的偶像啊,偶像怎么能没有后援会?我们要给他打榜啊!书不光能看,还能送人、捐赠!花这点儿小钱帮偶像宣传有什么不好?我们云星哥哥喜欢旅游,虽然他号称是个背包客,喜欢说走就走的穷游,但我们做粉丝的不舍得啊,这多让人心疼啊!总不能不管他吧!"

不能不管?怎么管?心疼"作家富豪榜"上的人穷游?陈末这自我感动的论调让柳笛彻底惊呆了。这不是饭圈那一套吗,什么时候也搞到文化圈出版界了?柳笛满心不认同,一脸无奈地说:"你还是回家吧。"

"我不回!小姐姐,做人要善良哦,你要是多管闲事,我就再走!云星可不仅在济南开签售会!我们后援会里有的人跟着云星走了大半个中国呢!每场演讲和签售会必到!其实云星也不让我们给他花钱的,可他越这么说,我们粉丝就越心疼他,就越愿意帮他!你知道吗?只有仰望着他的时候,看着他四海流浪的时候,我才觉得我的人生有希望!"

"你的希望就是看着别人四海流浪?"柳笛沉默了一会儿,她本来不打算发表言论,忍了忍,却没忍住,"陈末,你还是学生,没必要,更不应该花这么多钱去进行什么所谓的打榜宣传,你说的这个作家……我知道,他的书,我看过。我不想对他的作品做什么个人评价,我只能说,等你再长大一点儿,看到更广阔的世界、读到更多的书,你会觉得今天的自己真的很天真……"

"你什么意思?"陈末有点儿着急,"我喜欢云星哥哥就天真了?"

柳笛微微抿着嘴唇,她取过一本书,随手翻开,低着头认真思考了一会儿,才慢慢说:"你这位偶像,习惯一句话一段,不加标点,声称这种一气呵成的行文方式是他的首创。其实,撇开他匮乏贫瘠、毫无艺术感和文笔可言的文字本身不说,他书里表达的观点我也不喜欢——他总在宣扬极致的自我主义——可能,成熟一点儿的人都不喜欢。你们的后援会里有成年人吗?"

"你管得着吗?你凭什么不喜欢?你不喜欢有用吗?云星是目前文坛上最厉害最畅销的作家!"

刚刚还面若桃花的陈末一下子变得尖锐起来,她恼怒不堪、愤愤不平,只差没拍案而起。

"你先冷静,我只是观点和你不一样。在人生观世界观成型的阶段,我建议你多看一些传统文学和经典文学,而不是这些规避责任担当、品质精神,单方面宣扬诗和远方、爱情至上、穷游冒险、勇闯天下的快餐文化。云星的书几乎都在讲为爱走天涯、穷游奔四方、不管不顾、自由自在。其实我能理解,谁没有一两个不切实际的梦想?谁不想在宝贵的青春里肆意享受?可真正的梦想总是要落地生根的,人是社会动物,不可能只为自己活着……"

"切!真可笑!这年头谁还看传统文学和经典作品?一本书,首先要有读者才有价值!连看都没人看,谈什么价值?你有什么资格说云星的书不好?你就不想想,云星的书为什么在网络上那么火,为什么那么多人喜欢?他说出了我们年轻人的梦想和期待,他理解我们的压力和痛苦!小姐姐,你看着年纪不大,思想怎么这么古板?有人喜欢才有价值!这么多人喜欢,它就超值!你这论调才可怕呢……"

柳笛被陈末这一通话砸得耳朵疼,她等了一会儿,喝了口咖啡,才缓缓回应:"我不否认,只要没有读者看,多么有价值的文学作品其价值都没法得到传递。我也理解,现在的年轻人各有各的困难,需要一些轻松的鸡汤文字来缓解现实中的焦虑不安,甚至需要用这些看似热血沸腾的文字,来调解现实生活的枯燥和麻木,可这些东西只能带给你一时的心情激动,成不了长久的精神食粮。"

"你认为,什么能成为人长久的精神食粮呢,你的经典名著?"陈末不服气地反问道。

"弗朗西斯·培根说过一句话:读史使人明智,读诗使人灵秀,数学使人周密,科学使人深刻,伦理学使人庄重,逻辑修辞使人善辩,凡有所学,皆成性格。我觉得多读多学一些传统文化和经典文学,是必要的。现在国家都在宣讲文化自信,说的就是传统文化,因为传统文化是民族文化中最核心,最有特色,最具魅力和凝聚力的部分,是中华民族最宝贵的文化遗产,更是中华文明之根、文化之源。"

"哈哈,真可笑。这些没人看的假大空,对我们来说才是真的毫无用处呢。"陈末仍旧不服气,且理直气壮。

柳笛其实是有点儿生气的,她知道多说无益,却又忍不住想跟这小姑娘争辩几句。她说:"如果说传统文学是根基,那么经典文学就是魂。有根有魂,我们的文化才能活。可修身修心修德、可言志、可抒情、可铭史、可传承。现在生活节奏快,有时候,人们难免会功利心重些,凡事爱问一句有什么用,我也不例外。可当我们真正沉下心来,去感受传统文化和经典文学,我们的心会找到方向,会不孤单、不惶恐,会带给我们精神力量和经验指导,会让我们志存高远,会匡正我们的三观,会让我们拥有自己的心灵世界,当我们遇到困境时,不至于变得溯水无缘,浮萍无根。"

"小姐姐,这些假大空的东西说着不脸红吗?我听着都觉得脑袋疼。博观而约取,厚积而薄发。大道理谁不会讲?可这么多古今作家,有一个像云星这样能走到我们这些人心里的吗?他可是我们的启明星!我们就向往自由自在的生活,就渴望说走就走的旅行,就期待无拘无束没有压力的未来,他给我们造了个梦,并活成了我们期待的样子,我们崇拜他、爱他、愿意给他花钱,有什么不可以的?您这理论有些狭隘哦。"陈末毫不掩饰内心的真实感受,话说得咄咄逼人。

如果这就是新一代的"启明星",那得有多可怕!柳笛这样想。可她知道不能跟小孩子再这么争下去,话不投机半句多,于是说:"你说得对。可是,陈末,一个宣称想走就走、四方穷游、愿意随时把生命归还给大自然的男人,生他养他的父母幸福吗?"

"父母幸不幸福是云星的事吗?云星说过,我们的生命只属于自己!"

"嗯,《无声告白》里说,我们终此一生,就是要摆脱他人的期待,找到真正的自己。杨绛先生也说,我们曾如此期待外界的认可,到最后才知道,世界是自己的,与他人毫无关系。"

"所以,我们云星到底哪里错了?小姐姐,你说教的样子好像我们老师哦。"

"也许我以后会是。"柳笛哑然失笑,她现在正在山东师范大学读博,将来可不就是人民教师嘛。陈末还是太年轻了,她不懂得"成为人格健全的自己"和"不负责任"之间的界限是什么。

柳笛只知道,天已经不能再聊下去了。"我说多了,冒犯到你和你的偶像了,我很抱歉。"

柳笛收敛情绪,温和的态度让陈末气鼓鼓的情绪得到了缓和,说:"要是别人这么说云星我早就急了!也就是你态度还好!我就是很喜欢云星啊,这辈子,我要能像云星那样活一回就好了……"

柳笛笑了,说:"你不是已经像他宣扬的那样说走就走了吗?"

陈末一愣,随即高兴起来,她两眼一瞪,神采奕奕地说:"咦!你说得对啊!我这不就是一次说走就走的旅行嘛!虽然走得不远,但也是随心而动啊!"

柳笛摇头。她心里有很多话,却没法开口。十六七的女孩子说走就走了,家里父母还不知道要急成什么样子。

云星,这样一个投青年所好、宣扬个人欲望、无视社会责任、把自己打造成偶像的作家,真的能引领青年吗?

小姑娘还陷在自己快乐的情绪里,她拿着手机快速地发着消息,还不忘喃喃自语:"嘿嘿,这么说起来,后援会的姐妹们应该会很羡慕我哦?能为他的新书出点儿力,能参加他的新书签售会,能近距离接触我的偶像,简直是我的人生梦想啊!"

眼看小姑娘又乐呵呵地绕回了自己的"追星圈",柳笛无奈地摇头,起身跟陈末告别。

临走,她又回头深深地看了一眼兴奋得两眼放光的陈末,到底没忍住,悄悄去找了小舒。她简单跟小舒说了陈末的情况,担忧地说:"她家里还不知道急成什么样了呢。"

"那得赶紧让她回去啊!"小舒也着急起来。

"没用。我跟她谈过回家的事儿,她坚决不走,说要等云星的签售会。怕逼急了她又跑到别处,打草惊蛇,更危险。"

"谢谢你哦,为您的热心点赞!您放心,这情况我会跟经理反映的,一定不让她出事儿。"小舒一分钟都不敢耽误,立刻去找方林了。

(三)

> 每个人的生命中,都有最艰难的那一年,将人生变得美好而辽阔。
>
> ——加布瑞埃拉·泽文《岛上书店》

陈末去结账,收银的谭欣告诉她,书费已经有人结过了。

陈末四处看了一眼,想起刚才跟柳笛的聊天,顿时有点儿不好意思。她念叨了一句"我又不是没有钱",脸却有点儿泛红。

谭欣很少看到有人这么个买书法，她压低声音劝小姑娘"理智消费"，陈末笑了笑，难得没反驳。谭欣还想说点儿什么，就看见小舒跟她摆手打眼色，她赶紧闭嘴不吭声。

陈末在济南没有亲朋好友，白天在书店里看书、买书、拍照、等新书签售会的消息，晚上就在泉城路、芙蓉街、泉乐坊溜达，将书免费分发给过路的行人，给她的偶像宣传。

"记得支持我的偶像哦，过几天他有新书签售会，记得来参加哦！"

好几次，人们都绕着她走，递过去的书都没人敢接。折腾到十点半，她随便吃口面包喝口水，慢吞吞地回书店附近的小旅馆休息。

也不知为什么，她忽然想起了柳笛说的那句"你说，这样一个想走就走、四方穷游、愿意把生命随时归还给大自然的男人，生他养他的父母幸福吗？"

想起柳笛说的"你不是已经像他那样说走就走了吗？"陈末突然想到，是啊，她说走就走了，妈妈怎么办呢？找不到她，妈妈会哭吗？

第二天，柳笛又来到书店。

陈末不在，小舒和大龙正忙着陈列新书。

柳笛动手帮忙，大龙看着柳笛，偷偷笑了。

周六书店顾客很多，阅读区位置早满了，柳笛找了个角落，特别投入地翻看一本《古诗词鉴赏》。

这时，一个穿黑色T恤的男子从她身边挤过，不轻不重地撞了柳笛一下。

"不好意思，借过。"

柳笛点头错了下身。

"小偷!"只听对面的陈末一声大喊,震得柳笛耳朵嗡嗡响。

男子听到动静,拔腿就跑。陈末不管不顾地迎着那黑衣男子冲了过去,一把拽住他说:"你偷了她手机!"

柳笛吓得脸都白了。她匆忙扯住陈末,将她往自己身后护,陈末却毫不领情,拽着那人死活不松手,说:"他偷了你手机!"

"你胡说!小姑娘家家的怎么张嘴就来!"

"我亲眼看见你偷了!"

人群慢慢聚集起来,但一时之间还没有人上前帮忙。柳笛生怕那人狗急跳墙,小声劝陈末:"你先松手,松手。"

"不行!松什么手!你先看看你手机是不是丢了!"

黑衣人看出了柳笛的畏惧,他拽着自己衣服挣扎得理直气壮,说:"放手!"

陈末眼圈都红了,说:"柳笛!他是小偷!"柳笛注视着陈末的双眼,她的眼神真挚又热烈,带着那么一点儿委屈,"你占理,你怕什么啊?"

柳笛下意识摸了下口袋,手机果然不在了。

"我手机的确丢了!报警吧!"柳笛眼一闭牙一咬,将陈末护在身后,"麻烦大家帮忙报警!这人是小偷!"

男子明显慌了,挣扎的动作更大了。

"一个大男人,欺负女孩子算怎么回事?要真没偷东西,让她们公开道歉就是了!"一个青年男子站出来,他一出声,人们便围了上来。

小舒和严子龙闻声赶来,老管带着保安紧随其后。黑衣男子彻底怂了,利落地掏出了手机,说:"手机还你,你让我走吧……"

柳笛接过手机，将现场留给老管和保安，她紧握着陈末的左手，眼泪差点儿掉下来，说："你胆子也太大了，怎么就硬往上冲？万一他狗急跳墙怎么办？万一他有刀子呢？"

陈末还气鼓鼓的，她甩开柳笛的手说："你丢东西的怎么还怕起小偷来了？要是人人都当缩头乌龟，这社会还有正义可言吗？我们云星说了，路见不平一声吼，出手才是真朋友！"

柳笛哭笑不得。

就这会儿，警察来了，一行人跟随警察回派出所做笔录。

陈末一脸新奇，说："我还是第一次坐警车呢！第一次去派出所！第一次做笔录！警察叔叔，我这算不算见义勇为？我能在警车上拍个照吗？我得赶紧在后援会群里嘚瑟下，再发个朋友圈！哈哈哈哈。"

小舒、柳笛和陈末从派出所回来的时候，都高高兴兴的。没想到，刚进书店，就听见闷雷般的一声响。

"陈末，你个死丫头，你想活活气死你妈啊！"

暴怒的大吼从书店门口传来。

陈末看见头发凌乱、眼睛红肿、声音沙哑的母亲半路"杀来"，吓得一蹦三尺高，连蹿带跳地往柳笛身后躲，死活不敢出来。

小舒也闪身站在陈末身前，千方百计地拦着陈末母亲，生怕那拳头从空中砸下来，落到陈末的小脑袋瓜儿上。

"阿姨，您冷静一下！孩子找到就好，这不是都好好的嘛！"

陈末妈妈气得不行，说："好好的?！好好的进派出所了？"

陈末吓得脑子不转弯,忙着解释:"妈,我那是见义勇为做好事!做好事!"

"你个死丫头,你还敢说做好事!今天我不打断你的腿,我就不是你妈!逃课、偷钱、离家出走,你说说,你还有什么不敢做的?你是不是非要气死我?真没人管你了,你就高兴了是不是?"

柳笛护着陈末,小舒千方百计地把陈母拽开,示意谭欣赶紧来帮忙。

谭欣赶紧拽着陈末,把她带进办公室说:"你在这儿待会儿,别出门,保持安静!"

陈末气得翻白眼,说:"你怎么不说我有权保持沉默但我所说的每一句话都会被作为呈堂证供?"

柳笛戳着她脑门子哭笑不得,说:"你可老实一会儿吧,怎么就不知道害怕呢!"

外边,小舒和严子龙好不容易压住陈末母亲的怒火,将人请到了会议室。

陈母总算冷静了下来。

她年纪不小了,但看得出保养得很好,衣着也得体。这会儿冷静下来,她稍微整理了下发型,总算显出了原本的容貌。

"让你们看笑话了,我实在是急坏了,找了三四天了。这几天,我真是一个囫囵觉都没睡过……怪我,光顾着挣钱,忽略她了……谢谢你们照顾陈末,谢谢你们打电话通知德州警方……"

小舒给陈母倒了茶,说:"阿姨,我们看她态度挺坚决的,没敢直接跟她谈家里的事,想着先把她安抚在这里,总比一眼看不见让她再跑到别处强。我们冒昧了,直接把电话打去了德州派出所,吓着您了吧?"

陈母摇头说:"都吓习惯了……总之真是太谢谢你们了。你们是……"

"我们是她朋友!"三人齐声回答。

对,朋友,这个温情、赤诚、热血的称呼,让陈末母亲李雅的心,暖了三分。

"她一个小屁孩子,还朋友,你们抬举她了……你们是怎么认识的?"

小舒、柳笛陆续讲述了和陈末认识的经过。

李雅看着三个年轻人,她们对女儿的帮助、劝导,又不断夸奖陈末勇敢、热情。她为自己没教育好陈末而羞臊,又为这群人的善良而感动。

"陈末何德何能可以认识你们哦!她这回,真是把我气死了,她跟我要钱买书,我还以为她知道学习了,高兴得不得了。谁想到,她是给什么偶像打榜!我说了她几句,她倒好,偷偷拿着压岁钱跑了!"

柳笛小声劝陈末妈妈:"偶像这个事儿,我也跟陈末谈过。我想着,大概是她年龄还小,心里有期待、想法,但一时之间实现不了,也没人理解,刚好那个作家比较懂这个年龄段孩子的想法……两边儿一碰即和。这位作家,在年轻人中的确很受欢迎。"

"对啊,我也是这样认为。陈末还小,需要人引导,她做的这些事看似疯狂,其实也不是不能理解。人不轻狂枉少年。可能她的思想并不成熟,甚至很幼稚,但我们都是从这个年纪走过来的,我们理解她,也相信她,她不是坏孩子,可能只是缺少理解,只要找到切入点,一定能找到解决办法的。"

"有期待,有想法,缺少理解。你们说得对。我知道,其实我都知道。"李雅陷入沉默。她仿佛陷入回忆,几次欲言又止,好一会儿才开口,"陈末初二那年,她爸忽然走了。车祸。我这个人,其实一点儿都不要强。可是,他忽然就撒手走了,剩下我一个女人带着孩子,还能怎么办?可我想着,不能因为他走了,就让家毁了,不能让他人走了,魂儿还挂着我们娘俩不放心。可我还能做什么呢?就只有拼命挣钱。"

"陈末的父亲……走了?"小舒一脸意外,"阿姨,您受苦了。"

李雅捧着杯子,下意识摇头,说:"为了还房贷,我不得不开始创业。一个女人,创业多难啊,见天累死累活,连个说话、拿主意的人都没有,可我没办法,我只能撑着,得替她爸撑着。毕竟,那房子,那家,是他爸心心念念、一直梦想着的家,我俩为了选这套房子,不知跑了多少楼盘;为了设计装修,不知翻了多少资料;为了布置好这个小家不知花了多少精力……我不想换掉,更不能卖掉。只要不离开那里,我就还能感受到她父亲的存在。也就是那几年……"

柳笛给她添了杯水,温柔地揽了下她的肩膀说:"阿姨,别难过,都过去了。"

"我就是觉得挺对不起陈末的。我太累了,实在没精力再去关心她。总觉得她长大了,该懂事了。回回她犯点儿小错我就受不了,觉得她不懂事,娘俩天天吵架。我忽然觉得她爸走后,陈末变了,变得孤僻、冷漠、说话尖刻、不听话、不尊重人,跟我说话就没个好脸儿,还追星……我真是不愿看见她,看见她就生气。可我从没想过，忽然之间，家散了，她比谁都害怕。作为她唯一可以依靠的人，我却把她推出去了……"

李雅这一番推心置腹的话，让大家都沉默下来。

"阿姨，你放心，虽然我们和陈末认识的时间不长，但我们知道，陈末是一个心地善良、勇敢、有追求的好孩子，您心里爱她、疼她，一切都很好，只是你们的沟通还不到位。"柳笛安慰李雅。

"谢谢你们安慰我。"李雅低头苦笑，"其实，最初她跟我说她有一个作家偶像，我还挺高兴的，总比喜欢些歌星影星强。谁能想到啊，那个什么云星，跟歌星影星一个样，打扮得花枝招展的，出书的速度比看本书还快，到处搞见面会、签售会，他们还有什么后援会、明星团，还得打榜应援……他还要在你们书店做签售？"

小舒看了看沉默的严小虫，默默点了点头："这不是我们凭一己之力能够抗衡的。这位云星，的确有市场，粉丝特别多，每本书都十分畅销。"

"就像陈末说的，云星总能说到孩子们心里：总能轻易煽动孩子们的情绪。"柳笛也有些无奈，"但其实说实在的，他的作品的确没营养。我想，他要真是个有内涵的人，大概也不会这样运作。"

"那怎么办呢？因为这个偶像，我跟陈末已经快要吵翻天了。"李雅叹气，问，"那你们有偶像吗？你的偶像是做什么的？陈末天天说新时代偶像力量，我很想知道，偶像的力量到底是什么。我们年轻的时候也有偶像，也追星，但没有这样狂热的啊。"

"您也追星?"

李雅笑了,说:"都年轻过啊。"

柳笛也笑了,说:"我追过一个歌星,他很有才华。自己作词作曲编舞,学习各种乐器,一直默默坚持自己的音乐风格,做喜欢的事,哪怕没有那么多人热捧、认可,他也从不放弃。他说,人活着总得有点儿喜欢和坚持的东西,不单单为了成功或者红。他不是很有名,但我还是很喜欢他的歌,挺治愈,也挺有力量的。"

一直沉默的严小虫终于开腔了:"我也有偶像啊,我的偶像不是一个人,而是一群人。五连冠!五连冠!"

严小虫这话,让三个女人都笑了,大家齐声说:"中国女排!"

"还有前段时间热播的《觉醒年代》,李大钊、陈独秀、胡适!我觉得他们才是时代的启明星,东方有明星,就该是他们这样的明星啊!那才是真正的偶像呢!"严子龙说。

三人聊起偶像,都打开了话匣子。

李雅说:"谈起偶像,我这么大年纪了都觉得好开心,别说陈末这么大的孩子了。我不是反对她有偶像,可有偶像和追星,到底不一样吧?"

柳笛伸手拍了拍李雅的手腕说:"阿姨,您刚才问我们新时代的偶像力量是什么,我觉得,大概就是有踏实的态度,不忘初心的心灵,热衷公益的善良,承担社会责任的力量……英雄也好,平凡人也好,只要他身上的正能量能激励我们就好。"

"这一点儿我理解,也支持。如果你追求的偶像金絮其外败絮其中呢?我一直跟陈末说,我们追求的是偶像身上的精神,需要关注的是他们的作品,而不是帮他们趋名逐利。唯有深入人心的、有智慧和思想的作品,才能传承下来,这根本不是人为打榜、应援可以操作的。"李雅也将态度摆得很明确。

众人沉默下来,门外的陈末也沉默起来。

(四)

> 人生的旅途就是这样,用大把时间迷茫,在几个瞬间成长。
>
> ——瑞卡斯

偶像的事,一时没有谈拢。陈末咬死,不见到偶像坚决不走!

在众人的劝说下,李雅也放松下来,她决定带陈末去趟山东师范大学,那是柳笛读书的地方,也是她和陈末父亲的母校。李雅想先解决掉母女俩心里的心结。

柳笛曾说,陈末的心是空的,缺乏母亲给予的认同和关爱,这大概也是她疯狂追星的原因。

李雅想:她至少要先努力回到女儿心里去。这条路很难,但她想试着走一走。

山师的老校区,就在千佛山对面。校园古朴静谧,建筑沉稳端庄,植被葱荣,绿树成荫,有一股沉静的气质。

陈末并不喜欢逛什么校园,她 Get(接收)不到母亲激动的点儿在哪里。走到图书馆的时候,李雅情不自禁地牵住了陈末的手。

"末儿,我跟你爸,就是在这儿认识的。"

陈末不由瞪大了双眼。

李雅抬头看着高大的图书馆,仿佛看见年少的自己坐在图书馆二楼的老位置——靠窗从左边数第三张桌子,她当时正在读一本《中国哲学通史》,他拿着一本《资治通鉴》走过来,轻轻坐到她对面。李雅看书看累了,趴在桌上打盹儿,正午的阳光正好照在她头顶,将她一头长发照得缱绻又温柔。他担心阳光太毒,默默拿起自己的笔记本,帮她挡住窗外刺眼的太阳。

"我小的时候,看《白雪公主》的故事。王子和公主一见面,就互相喜欢对方了。我就问爸爸,怎么会这么奇怪,怎么会一见面就喜欢呢?那时候,爸爸跟我说,这叫一见钟情。他对妈妈就是一见钟情,第一眼就喜欢上了。我当时特别奇怪,你又不漂亮,喜欢你啥?爸爸说,没有为什么,喜欢就是喜欢。"陈末说。

"你爸真行,怎么跟你说这个!"李雅抬手擦了擦泪眼,语气里又是甜蜜又是苦涩。她和他之间,只一眼就够了,一生只有一次,一次就是一辈子。

"他可能觉得我不懂。就说了。"陈末笑了,"后来我看云星的书,看他书里写的爱情故事,有时候就会想起你们。妈,我想我爸了。我爸在的时候,咱俩永远打不起来,我一闹脾气,你一生气,爸爸就哄我们。可爸爸在我们身边的时间实在太短了。"

"你还记得咱老家那个很笨重的木头书架吗?你爸的书都胡乱堆在上面。后来买了大房子,搬家后,你爸心心念念想要个书房,要整面墙都是书架那种,好安置他那些宝贝书。他还要买更多书,说,可以当传家宝,都给你。可书房还没弄完,你爸就撒手走了,连句话都没留下。生死无常啊,末儿。他留下那么大个遗憾,也给咱娘俩留下那么大的遗憾。"

陈末没说话,她紧紧牵着妈妈的手,跟她一起坐在图书馆外面的台阶上。父亲离开后,母亲身体一下子垮掉了,有好长一段时间精神状态不好,一直到高额的房贷摆在面前,催款电话一个接着一个,母亲才开始真正振作起来。陈末想过换个小房子,或者搬回老家去住,可妈妈哭着说,她不能把父亲一个人留在这里,她要在这里陪着他。

陈末想起在新家的书房——那个有整面墙书架的书房。她想起,母亲常常一个人窝在书房,拿着一本《资治通鉴》静静地读。可是,她不开灯,一个人孤零零地坐在空荡荡的书架前,嘴角蠕动,小声读着。不对,那不是读。天太黑了,她根本看不见书本上的字,她在背,她在背……

陈末哭了,她轻轻靠在母亲手臂上说:"妈,爸爸走了,你还有我。可我特别无助,我想帮你,可我不知道怎么帮,我想关心你,我想让你忘记那些痛苦,可我不知道怎么做。好像我做什么都是错的,妈,我太没用了。我就是那时候开始看云星的书,看他在书里遨游四海,没爹没妈有兄弟有爱情,不用为了责任,只为了自己。"

"是妈对不起你,妈自己过不去心里的坎儿,熬得太痛苦了,就忘了你还是个孩子,你比我还需要关心。咱娘俩就一直找不到平和的沟通方式,大事小事都吵,吵完了我就想你爸……"

"我也想。每次跟你吵完架,我就特别想我爸,我都恨他,恨他撒手走得太利落,就丢下咱们俩受苦。妈,我真想逃离那个家了。我都觉得,没我爸,那都不像个家了。"

陈末哽咽着,李雅的眼眶也红了。

她还是个孩子。

长期的情绪压抑,使得她急于找一个情绪发泄口,一个能让她热血沸腾的梦想,一个有诗和远方的期待,一个能让她去疯狂冒险的未知世界——那是云星构建的世界。

陈末缓和了下情绪,接着说:"我知道逃学不对,偷拿钱不对,离家出走不对,可我只想做一次真正自由的自己,只想真正去疯狂一次,我害怕留在家里,也害怕自己有遗憾……妈,我害怕哪一天我会像爸爸一样,忽然就在这个世界上消失了……"

李雅紧紧抱住了陈末。

"您还记得不?我爸走后,我带回来一只狸花猫,您不让我养,我就偷偷把她放在门卫那儿,我给它起名叫小鬼。我爸在的时候,就经常叫我小鬼。我还偷偷在宿舍养了两条小金鱼,一条红白色的我叫它"护花",一条黑色的我叫它"使者"。我觉得它们就像你和我爸……"

说着说着,陈末哭了,李雅伸手帮她擦掉眼泪,"带回家,都带回家。从此以后咱们家就不再孤单的只有咱娘俩了,还有小鬼,还有一对护花使者。"

娘俩就这么坐在校园里说了好久,哭了笑,笑了哭。

就这会儿,陈末的手机响了。她拿起手机看了一眼,立刻高兴地蹦起来说:"妈!云星的签售会提前了!"她蹦完,又低头渴求地看着李雅,"妈……"

"去!参加完咱再走,妈陪你去!"

柳笛觉得可以让陈末做一次志愿者,不仅可以和偶像近距离接触,也可以感受下工作人员工作的不易。

大家委派小舒、严子龙去跟店长申请志愿者名额。于是,新员工陈末上岗了!

陈末除了需要接受小舒、大龙的接待培训,还要帮忙给新书上架、打扫卫生。累并快乐着的陈末,每天回到旅馆跟母亲都有说不完的话。

第四天店长特意给陈末放了一天假,让她陪李雅在济南四处转转。

陈末提前做好了游玩攻略,带着妈妈去大明湖看垂柳,去芙蓉街吃美食,转了曲水亭街,看了博物馆,每到一个地方,陈末妈妈说的第一句话都是:我和他来过这里!

陈末知道,那个他永远活在她们心里,安静地活在她们心里。

签售会召开的前一天,小舒神秘地对陈末说:"你想好了,这次签售会估计不会很顺利,也许你还会很失望。"

"小舒姐,怎么会?我不明白你的意思。放心吧,我只要一想到能见到我的偶像,还可以亲自照顾他,梦里都能乐醒了,怎么会失望呢?"

这几日，李雅心里舒坦了好多，她还给自己买了一身漂亮的衣服和新化妆品。

见面会那天，她早早起来，认认真真地化了妆。自从心上人离开，李雅再也没好好化个妆了。陈末看着妈妈认真又忐忑的样子，紧紧抱住了她，笑眯眯地在她耳边叫了声"小姐姐"。

"云星写过一个故事，讲的就是生离死别，我看完之后哭了好久。我觉得他说得特别对，离开的人不可怜，留下的人才可怜。可留下的人只能可怜一阵子，不能可怜一辈子。妈，我希望你每天都这么漂亮。我怕你忘了我爸，也盼着你忘了我爸。真的，你忘了吧，开始新的生活吧。妈，我替你记着……"

"死丫头……"李雅反手抱住陈末，岔开话题，"你的云星真这样说的？也不像大家说得那么一无是处啊！"

"可能不够好，但绝不是一无是处！他微博有一千万粉丝啊！"

"行！妈妈答应你，以后每天都这么漂亮，有什么事情，一定跟你好好沟通，妈妈不再乱发脾气，不再逼你做你不喜欢的事情，妈妈会学着尊重你，理解你，更好地爱你。不过，你爸的事，妈还得自己记着，这个，不劳你操心！"

"妈，等我长大了，也想写写你和我爸的故事，让更多人看见我爸，知道我爸。"

"你这偶像追得也不是全无价值啊！"门口，赶来接陈末母女俩的小舒乐呵呵地插嘴，"快走吧，是时候见见你的偶像了。"

陈末终于见到云星了。

简短的签售见面会上，云星分享了自己的创作历程、成长经历，鼓励年轻人要多出去看看外面的世界，要相信每个人都有自己的"诗与远方"。他说，永远不要小瞧了你自己，也永远不要局限在自己的舒适圈，看见世界之大，知道自我之小，人才能不断进步。

他这句话，得到了大家热烈的掌声。

陈末没想到，在签售会的尾声，云星回答一位粉丝问题时"出事了"。

有位粉丝问云星什么时候出新书。

云星说："近期不会。"

他很坦诚地讲了自己这几年的写作经历及受到的非议。云星说："我的本意，是给青年朋友们造一个美好的梦境，让你们知道，未来有无限可能，你们的云星也在为这种可能而努力奋斗。包括，这些年我疯狂地开见面会、签售会，也是希望在你们痛苦迷惘的时候能看到我在。毕竟，我也是从迷惘的青春期走过来的。"

在粉丝们的疯狂叫喊中，云星点头示意，又说："但这两年，我忽然明白了'过犹不及'的含义。我可能还没有那么强大的力量去温暖所有人。包括我的作品，也没有优秀到可以引领青少年朋友。你们需要成长，我同样需要成长，所以，我近期，可能会闭关，彻底远离眼前无休止的签售会、见面会、打榜宣传、千城互动。你们能理解我吗？今天过后，我可能会要求工作人员将后援会解散掉。但我还在微博，还是你们的好朋友，你们的大哥哥。"

台下已经有粉丝开始掉眼泪了。

"云星，我们舍不得你！"

"没有什么舍不得,我们仍然会一起进步。也许有一天,我会带来一部完全不一样的作品,陪伴已经长大的你们。相信我吗?"

"相信!"

在粉丝热烈的掌声中,云星下台离开。陈末哭了。

那天晚上,小舒、严子龙、柳笛送别陈末。

陈末的眼睛还是红的,她问小舒:"你是不是早就知道云星要封笔,所以才让我做好心理准备?"

没想到,小舒却摇了摇头。她也没想到,云星会在济南站宣布这么重大的消息,这不得上热搜?

"那你让我做好什么心理准备啊?"

小舒看了看严子龙,问:"真要听吗?"

陈末点头。

"你家云星,以前特别爱耍大牌,贼难伺候。每次他说要来,我们都害怕。就是,房间要朝阳的,房间号要选吉祥数字的,饮食要低糖低盐的,床上用品、毛巾、浴巾、纯净水,要制定品牌的……就,完全不是会穷游的那种人。"

陈末目瞪口呆,问:"难道我粉错人了?那他今天说的是真的还是假的?"

小舒摇头说:"不知道,但我愿意相信他。名利会改变一个人,阅历也会改变一个人。"

陈末似懂非懂地点点头。

（五）

> 你问我有哪些进步？我开始成为我自己的朋友。

——阿兰·德波顿

火车上，李雅睡着了。陈末将云星的签名书放下，让妈妈的头靠到自己肩膀上，身子坐得笔直。

下了火车，又赶汽车，从汽车站走回家的时候，天已经黑了。

陈末问妈妈："妈，你为什么要让我留下来参加签售会？"

李雅笑了，说："我要是不让你参加，这又是云星近期内最后一次签售，你会遗憾吧。"

"岂止遗憾！"

"那云星封笔，你遗憾吗？"

"好像不太遗憾。我觉得他的选择没错，每个人都需要沉淀和成长，他需要面对非议，提纯人生！我觉得，如果不这样做，他仍旧高频地出书、签售，才会留下遗憾呢！"

"说得真好！末儿长大了，还知道提纯人生呢。妈妈也是一样啊，不希望你有遗憾，因为妈妈自己也有遗憾。"李雅笑着牵起陈末的手，"我最近常听一首歌，名字叫《有生之年》，第一句歌词就是'有生之年，愿你没有遗憾'。我不希望我的女儿有遗憾，相信你爸跟我是一样的想法！你也不会让自己的未来留下遗憾，是吗？"

陈末哽咽着说不出话来，转身紧紧拥抱着妈妈，像曾经妈妈抱她一样，以一种护卫的姿态。

"妈，你放心，我长大了，真的长大了。柳笛姐说了，她会帮我补习功课，她会在山东师范大学里等我，等我当她的小学妹。说不定，我爸也在等我，对不对？"

"对。我的末儿长大了，妈妈太高兴了。"

陈末两臂用力，恨不能把瘦小的妈妈抱起来，她打趣道："妈，我都比你高半头啦！"她放开妈妈，一本正经地举起右手，"妈，我可以照顾你，以后你想做什么就去做，我支持你！我会安心读书，做我这个年纪应该干的事，承担我应该承担的责任。像云星一样冷静清醒地看待自己，知错就改！以后脚踏实地，认认真真，做一个对自己、父母、家庭、社会有用的人，我会让你因为有我这个女儿而骄傲！"

李雅被女儿逗得笑出了泪花，她说："好，妈妈相信你！妈妈也不拦着你追你的偶像了！相信你自己会有分寸！"

之后，陈末如愿考进了山东师范大学。

她认认真真地给录取通知书拍了个照，写了极长极长的长微博，@了云星。她写早逝的父亲和辛苦的母亲，写自己的追星路，写成长路上的挫折和收获。

她写：云星，我终于明白了，人生的路要自己走，每一步扎扎实实的，才能不留遗憾！

她写：云星，期待你荣耀归来！

她没想到，沉寂了好长时间的云星回复了她的微博。

云星回：好，一起加油！

书房里，陈末兴奋得嗷嗷大喊，收到录取通知书时都没这么激动。

厨房里，李雅微笑着。

窗外，阳光灿烂。

一个叫哈娜的女人

THE BOOK THE BOOKSTORE

有件事情是肯定的：此生无论我们做什么，我们都逃不开人生。

——弗雷德里克·巴克曼
《一个叫欧维的男人》

（一）

> 他发现自己很喜欢房子。可能主要是因为房子是可以理喻的，可以计算并在纸上画出来。不好好做防水就会漏，不好好做结构就会塌。房子是公平的，你付出多少，它就给你多少。很不幸的是，这些话很难用在人类身上。

——弗雷德里克·巴克曼《一个叫欧维的男人》

"有《一个叫欧维的男人决定去死》吗？"

中午十一点半，小舒正在系统里盘点整理，准备弄完下班。哈娜伸手将一包糖炒栗子和一块烤地瓜放在桌上，轻轻地敲了敲桌面。

"有。"小舒抬头看见哈娜，立刻笑得眉眼不见，踩着小碎步去给哈娜拿书。

哈娜接了书,随意翻了翻,问:"这本书以前不是叫《一个叫欧维的男人决定去死》吗?'决定去死'呢?"哈娜想笑,最终却没继续追问,拎着书往书吧走。

小舒在后面压着声问了一句:"娜姐,你不回家做饭吗?"

哈娜吐了口气,说:"韦林出差了。"

哈娜是新华书店的常客,书店第一次做读书会的时候她就在,一直到现在,期期不落。

她冷冰冰的,不爱笑,但书店的人还都挺喜欢她的,读书会的人也都喜欢她。

读书会有个保留节目,叫"最后的三分钟"。每次读书会结束,每位参与者都有三分钟的即兴演讲时间,不限主题、角度,只要与当期图书有那么一星半点儿的联系就行。

大家最期待哈娜的"三分钟"。

倒不是因为她口才绝佳,能引经据典,而是因为她接地气。她几乎每次都在冷冰冰、面无表情地谈她婆婆,但每次都笑料满满,充满智慧。

有一次,哈娜讲到婆婆"抠门"。

"每次吃完饭,别管在家还是在饭店,在大厅还是在包间,她都得拿馒头可劲地擦盘子底儿,非得把盘子底儿擦得一尘不染、干干净净不可。在家的时候还好些,这要在饭店,实在太丢人了,脸都没地儿放,尴尬得能用脚指头抠出个趵突泉公园。"哈娜这么说着,自己仍旧没什么表情,也没什么情绪,只是冷静地表达,大家却憋笑快憋出内伤了。

她话音一转,又说:"直到有一次,我跟着我们校长出门,我发现，我们校长也这样！吃不完的菜要打包，打完包的盘子底儿要用馒头擦干净！我当时就想，你看看，人家一个私立学校的校长，还这样勤俭节约、艰苦朴素，这是种什么精神啊！"她说着，面无表情地一摊手。大家哄堂大笑，继而掌声雷鸣。

这就是哈娜，特别招人喜欢的哈娜。

哈娜正看着书，小舒交完班，端着咖啡颠颠地来找她。

"娜姐，你说咱们这期的主题书目选什么？您有什么推荐书目没？"

哈娜却问："你说，欧维为什么决定去死？"

小舒一时没明白，一脸疑惑地看着哈娜。哈娜整个人陷在沙发里，她揣着抱枕弯着腰，几乎是一种蜷缩的姿势。

"娜姐，你肚子疼？"

哈娜摇摇头说："不疼。"

顿了会儿，她抬头看着小舒，还是惯常那种没什么表情的样子，说："这次读书会我不来了，也许以后也不来了。"

"为什么？"小舒急了。

哈娜沉默了好半天，伸手摇了摇自己手里的书，说："一个叫欧维的男人决定去死。我走了。有缘再见吧。"

小舒一时没反应过来，好一会儿才一溜儿小跑，奔去找严子龙说："这期共读，就《一个叫欧维的男人》呗！"

哈娜到小区门口的时候，九点半。

挥手送别了好友，她拎了包往回走。越走越慢。

高跟鞋敲在冰冷的水泥地面上，发出很不美好的声响。她不由放慢了脚步，一步一步地往家挪。

她不记得有多久没这样参加一场纯粹的闺蜜间的聚会了。是的，只是简单地聚一聚，撇开老公孩子、公公婆婆、三姑六姨，简单地聚一聚，喝一杯五块钱的崂山，品一壶不高级的茶水，随心所欲地说一说乱七八糟的话——想说什么就说什么。

长久以来，她唯一的休闲娱乐就是去书店，她唯一的发泄口就是"最后的三分钟"。可即便是在"最后的三分钟"，她也不能畅所欲言，她得保持形象，她得顾全脸面，她得适度表达。毕竟，她是被那么多人"看好"的女人——一切都很好，看起来很好。

哈娜到家的时候，妞子已经睡了。

听见门响，婆婆迎了出来，她腋下夹着一件半成品的手工棉袄，鼻梁上架着老花镜。

她说："回来了，你家闺女，写完作业就找我要手机，不给就不愿意，到点了不睡觉，一直嚷嚷着等你回来。还哭鼻子。"

这句话信息量其实挺大的。哈娜知道，婆婆肯定说妞子了，八成是把她说哭了。

哈娜张了张嘴，没说话。她去卧室看了看她的宝贝妞子，伸手给孩子掖了掖被角，摸了摸她的小脸儿，又替她收拾了下书桌，对照课程表检查了下书包，这才甩了鞋子赤着脚出来换拖鞋。

"有两个朋友有日子没见了，一起喝了杯茶。"她换了外套，趿上拖鞋，"就在对过小区。"

婆婆在沙发上坐下，仍旧摆弄着手里的棉衣，说："你们娘俩儿一个毛病，见天的光着脚丫子跑。妞子就是跟你学的，一天天的鞋子不着脚。"

哈娜没接话，她拎了鞋子放进鞋柜，窝在沙发上看那本《一个叫欧维的男人》。

婆婆比画着棉衣，念叨着该怎么改才更合身，又絮絮叨叨地说："改了也白改，做了也白做，你闺女娇气成什么样了，棉袄棉裤从来不穿一穿。跟你一样，爱俏，嘴刁，得买好衣裳、吃好吃的。"

哈娜赔着笑，婆婆也就笑了。

然后就开始扯村里左邻右舍东家西院的琐事，哈娜脸上堆着笑，有一搭没一搭地应着不知所云的话。

坦白说，她实在不喜欢这样没质量没营养的对话。沾满了世俗油烟的气味，仿佛隔着百八十里都能闻得到一样。她始终弄不明白，那些个东家长西家短的事情，跟她有什么相干呢？人家吵架分家闹离婚也好，生孩子出车祸惹麻烦也好，毕竟都是"人家"不是？

其实私心里她也有点儿害怕跟婆婆坐下来聊天。她害怕婆婆三句话没说完，就又将话题扯到了"生二胎"上。

果不其然，婆婆忽然抬起了头。

哈娜的心里咯噔一声。

"前几天，你舅过世了，你记着吧？"

哈娜心想：不是，我舅还好好的呢。是韦林的舅。

"舅舅"葬礼那天，正在下雨。她上着班儿忽然接到韦林电话，让她赶紧请假回老家。

"咋请假？我上着课呢。"

"调课！我舅没了！"

韦林的老家在南部山区，离着不是太远，两个多小时车程。山里偌大的场院，被黑色的油布棚罩着，除了噼噼啪啪的雨声，看不见半点儿天日。院子里很多人。断断续续的，来了又走，来的时候大哭一场，走的时候面无表情。

哈娜扎了白布条在腰上，站在屋门口。门里是熙熙攘攘的人在哭，门外是熙熙攘攘的人在闹，那种极其强烈的对比，轻而易举地把她推在一个很尴尬的境地。有一点儿紧张，也有一点儿无措，偏偏就一点儿难过都没有。她下意识伸手拉了下韦林，韦林一把将她的手抚开，阴郁地看了她一眼，说："别闹。"

那场葬礼后，哈娜做了好几天噩梦，但这个不能说。婆婆肯定也不是要说这个。哈娜戒备地坐直了身子。

"你舅的后事办得啊，你是不知道，让人笑话。"婆婆也放下了针线，感慨万千，"女儿都不是人啊！"

哈娜愣住了。

"家里没有儿子，村里人笑话啊，后事办得不场面，什么东西都将就，没一样东西是好的。还没发完丧，几个女婿就闹着分家产了！女儿都不是人啊！还是得有个儿！"

哈娜心里有些不高兴，她把手里的书往沙发上一扔，说："这哪是女儿不是人？这明明是女婿不是人啊！"

哈娜气得不行，明明是有些人没教育好儿子啊。

但这话她憋在嘴里没说，实在不好意思说出口。

婆婆倒是能屈能伸，说："话是这么说呢，吃亏的也是老的，没有儿子就是不行，断子绝孙就是让人瞧不起。"

哈娜拿着书站了起来，说："妈，我去洗个澡。"

婆婆把手里的针线活猛地摔在桌子上，压着声音说："你说，你为啥不愿啊？给我们韦家生孩子就这么难啊，俺们哪里亏着你了？"

"妞子不是孩子吗？"

"还是要有个儿子啊。只要你生，又不让你自己带，我给你带还不行吗？"

哈娜没说话，起身洗澡去了。

哈娜很少在晚上洗澡。她害怕晚上关上门洗澡洗头发，她觉得那些稀里哗啦的水声，都是妖怪在喘气。她觉得那些明晃晃的水丝随时会化成一根根银色的蚕丝，死死地缠住她的脖子，要她的命。她也不敢低着头洗头发，她觉得脚底下的水真的会在一瞬间变得血红，甜腥而黏腻，顺着她的腿往上爬。然后，那血水里会忽然伸出一只黑色、干瘦的手，一把握住她的脚腕子，把她往死里拖。

但是没办法，婆婆的"苦口婆心"比这可怕多了。

哈娜不是不爱孩子，她爱妞子。她只是不能容忍这一生都只做孩子的奴隶，也不能容忍公婆有意无意地轻视妞子。

她还记得当初刚结婚的时候，她执意不肯要孩子，就想着过一下二人世界。婆婆也是这样骂到她脸上，说："我找人算过了，今年怀孕一定是男孩，只要你现在生，男孩女孩我都爱，要是明年再生，耽误了我抱孙子，我恨你一辈子。我非找你爸妈不行，非得问问你爸妈是怎么教育孩子的，凭什么嫁了过来不给生孩子！"

那一年，她二十四岁。

如今，这么多年过去了，一切还是照旧。

哈娜刚洗完澡,就听见了门响,韦林回来了。

她顿了下,换上衣服准备迎出去,就听见韦林硬邦邦地问了一句:"还没回来吗?!"

"早回来了,洗澡去了。"婆婆冷冰冰地回了一句,一副不满意的样子。

她就这么被噎回去了。

哈娜出卫生间,韦林进卫生间,两人走了个错身,谁也没说话,谁也没看谁一眼。

哈娜回到卧室,开了床头小灯,眯着眼翻书。

韦林站在卧室里叮叮当当地换衣服换鞋,然后去阳台洗衣服。从始至终,一眼都没有看她。

哈娜低着头,胡乱翻着书页,但书上写了什么,她一点儿没看进去。

婆婆去了阳台上,说:"洗什么呢?我给你洗。"

"不用。"韦林声音很轻,含着笑,特别温和的样子,"妈,你早点儿睡,累一天了。"

韦林踢踢踏踏去了洗手间,阳台上第二次响起了洗衣服的声音。

韦林探头喊:"妈,你洗什么呢?我给你洗。"

婆婆说:"一块抹布,我涮一把。"

韦林就又笑说:"你早点儿睡嘛。"

没过了三分钟,韦林进了卧室。哈娜不想理他,但她有事找他,只能没话找话。

她问:"出差顺利吗?"

韦林没说话。

她又问:"几点回来的?"

韦林翻身裹住被子说:"一天天的你不累吗?"

"你跟你妈说话不累?"

韦林说:"你会说话吗?那是我妈,你跟我妈比什么?一天天公司多少事儿,操多少心,我伺候完我妈还得伺候你是不是?"

哈娜本来要说的话就这么咽下去了,她关上灯,背对着韦林躺下了。

她其实很生气,可她不知道要怎样表达自己的怒气。于是,她就只觉得她也累了,懒得说,一个字都懒得说。

世界瞬间就空下来了,空得只剩下她自己。

她就跟空气似的。其实,她连空气也不如。人缺不了空气,少一点儿都不行。可她呢?她在这个家里,压根儿就"不存在"。

哈娜屈了膝,将下巴压在了膝盖上。

《一个叫欧维的男人》讲了什么,她一个字都看不进去了。她想起下午给韦林打电话"请假"的时候,她说:"我今晚不回家吃饭啦,跟两个姐姐聚一下。"

韦林很不耐烦,说:"我出差,你就不知道回家了吗?咱妈在家看了一天孩子,你就不知道回家替她一会儿?!"

她嘻嘻哈哈想活络下气氛,他挂断了。

八点半,她们一壶茉莉花正喝得欢愉,韦林的电话又来了,还是那句话,硬邦邦的。"咱妈看了一天孩子,你就不能早点儿回去,让她休息会儿!"

仍然不等她开口,挂断了。

事儿不大,真不大,可哈娜心里就好像开了锅一样的。当着朋友的面儿,她磨不开,却也只能哈哈一阵笑,嬉笑道:"你看,我这家教多严。"

引得哄堂大笑。

她也跟着笑。

其实她心里在想,要是今晚妞子在自己娘家,他大概就不会这么要死要活地催。

唉,这话不能这么说,这事儿不能这么想。

哈娜使劲摇了摇头,强迫自己睡下。

(二)

> 爱上一个人就像搬进一座房子,索亚曾说,一开始你会爱上新的一切,陶醉于拥有它的每一个清晨,就好像害怕会有人突然冲进房门指出这是个错误,你根本不该住得那么好。但经年累月,房子的外墙开始陈旧,木板七翘八裂,你会因为它本该完美的不完美而渐渐不再那么爱它。然后你渐渐谙熟所有的破绽和瑕疵。天冷的时候,如何避免钥匙卡在锁孔里;哪块地板踩上去的时候容易弯曲;怎么打开一扇厨门又恰好可以让它不嘎吱作响。这些都是会赋予你归属感的小秘密。

——弗雷德里克·巴克曼《一个叫欧维的男人》

几天后，哈娜又卡着十一点半去了新华书店。小舒刚接班，看见她跟看见救命稻草一样。

"娜姐，《一个叫欧维的男人》看完了吗？读书会你有什么好建议吗？"

哈娜愣了下，问："读这本吗？"

"啊，不是你建议的吗？"

哈娜看了小舒一会儿，视线冷冷的，好一会儿，她才说："我不参加，就不给意见了。"

她说完又陷在椅子里读书，可她视线却是直愣愣的。

小舒观察了她好久，她一直坐着，书一页没翻。

"娜姐不对劲。"小舒有点儿害怕，嘴里嘟囔着，匆匆下楼去找谭欣，"谭姐，娜姐不对劲。"小舒想起哈娜昨天说话的样子，她假装自己手里有本书，模仿哈娜，"一个叫欧维的男人决定去死。我走了。有缘再见吧。"

谭欣一时没明白小舒说的。

"我本来以为她给我推荐读书会读《一个叫欧维的男人》这本书啊。这会儿看着不像！"小舒急忙补充。

谭欣瞬间毛了。谭欣这人，啥都好，就是不担事儿，听风就是雨，心软又胆小。她一把抓住小舒说："小舒，哈娜不会想不开吧？她还不如我大，才三十冒头呢。"

"你胡说什么啊！娜姐不爱笑，可她人很好啊！她挺热心的，她回回来给我买吃的。对了，今天没买，也没买书。"

"那她来干啥了？"

"退卡。"插话的是严子龙,"她把 vip 卡注销了。"

"我就说不对!"小舒眼眶都红了。

"你们这些小孩子,是不是想多了?哈娜不是过得很幸福吗?在私立小学教音乐,工资高,工作轻松,生活安稳,有房有车,孩子可爱,双亲健康,她老公我也见过,挺英俊潇洒的,对她也不错啊。看起来挺好啊!"老贾也凑了上来。

"她把读书群退了。"严子龙说。

"她把我好友删了!"

"我……也被删了。"

小舒和谭欣面面相觑,大家都哑巴了。到底怎么回事,谁也不知道。

哈娜将书收进包里,从侧门离开了新华书店。

哈娜觉得自己其实挺开心的,一切都挺好,在济南市数得着的私立学校工作,虽说工作压力大、校园活动多,但工资待遇也好。她没那么爱笑,但不讨人厌——何况,她还是个好看的女人。

她跟欧维不一样。

没有人喜欢欧维。他执拗、小气、认死理、不解风情,固执地跟整个世界对抗。他八岁丧母,十六岁丧父,十七岁被诬陷失去工作,做好事帮邻居救火失去了房子,被迫将建房子的土地卖给政府,他一无所有——就连他最深爱的妻子也因车祸失去双腿,他求告无门,最后,妻子死了。

欧维一无所有,但哈娜不是啊。

她从来不觉得她跟韦林之间的矛盾来自"生二胎",她清楚地知道,她正在经受着一场"看起来很好"的"丧偶式婚姻",一场无可避免的"婚内冷暴力"——在她的婚姻中,韦林已经是最熟悉的陌生人了。

哈娜又一次翻开了《一个叫欧维的男人》。

也许,很多人的婚姻,都处于这样一种状态。家庭、婚姻,不过是鸟的巢穴。晚上回巢小憩,清晨各自出发。看起来好像很理想的一种状态,其实跟"麻木"不过一线之隔。

住在同一所房子里,却很少有深入交流;睡在同一张床上,却很少有夫妻生活;教养同一个孩子,却很少有亲子时光。

这种疏离,看似安稳,实则致命。

张爱玲说:生命是一袭华美的袍,上面爬满了虱子。很多时候,婚姻也会这样。眼前所有的一切"看起来都很好",甚至,所有人都在羡慕你所拥有的这"华美的袍子",没人知道你被虱子咬成什么鬼模样。

你甚至不能抱怨,因为所有人都会笑话你身在福中不知福,时间长了,就连自己都觉得这袍子甚好,没毛病。等什么时候你脱下这袍子,发现自己一身疙瘩体无完肤,就会觉得,"这真是令人绝望"。

下班很久了,哈娜还在办公室看书,她不想回家。

手机响了好多声,她不想接。但她知道,如果不接,可能会更麻烦。果不其然,电话刚刚接通,韦林不耐烦的声音就传了过来。

"你干吗去了?为什么不接电话?"

"上厕所。"

"上厕所你不能接电话吗?"

"上厕所怎么接电话,你不也经常不接我电话吗?"

"我不接电话就是在忙!下班没?早点儿回家,咱妈看了一天孩子了,你……"

哈娜懒得听,挂断了电话。

自然,这一晚上,也没啥好日子。

妞子已经吃过晚饭了,正在房间里读书。韦林和婆婆亲热地聊着家常,东家婶子,远房侄子,谁家快结婚了,谁家摆寿宴了,哪家酒席摆得好了,哪家的规矩行得不对了,隔壁村的哪个懒汉娶了媳妇了,山上的土地村里准备种果树了,各家要进行厕所改造了……哈娜仿佛听懂了,又仿佛没听懂,一句话都插不上。

韦林温柔地笑着,听着母亲笑眯眯地说话,不时给母亲夹菜,说:"妈,您吃点儿肉。"

"哎,好,妈吃得不少了。"

哈娜放下饭碗,陪妞子读书去了。

韦林洗了碗,开了电视,仍旧跟婆婆说话。又一会儿,他去洗澡,再一会儿,他喊:"妈,您给我拿块硫黄皂,浴巾给我递一下吧。"

哈娜心里烦躁得要命,伸手取了大衣,准备出门。

就在这时,她接到了单位电话。

副校长问她:"哈娜,深造的事,你想好了吗?"

哈娜挂断电话,又将大衣挂了回去。

韦林洗完澡,哈娜跟着韦林去了卧室,说:"我们学校,要培养一批心理老师,没有合适的人选,校长的意思是,让我去。就在山师，每个周末上两天课，暑假集中培训完考试，就一学期。"

"不行。"

"校长说了，现在师资力量不够，如果我能兼任心理老师，我下学年还可以继续教音乐，否则，只能下分校带主科了。我教不了主科……"

"哈娜，学什么不是学？你学着教主科，至少不用出去深造吧？分校离咱们家也不远。"韦林斜眼看着她，"你不是小孩子了，工作的事你自己处理，利用节假日深造，绝对不可能，你想都别想。"

"为什么？"

"为什么？哈娜你好意思问我为什么？你看看这个家还有个家的样子没？我上班顾不上，你也顾不上吗？收拾房间洗衣服拖地什么不是我妈干，你干了点儿什么？这家不是你的吗？"

"我没带孩子吗？陪作业、陪练习、陪阅读不都是我吗？一日三餐不都是我做吗？妈妈觉得累可以不做啊！"

"这话你也说得出口？我妈不做饭是因为她做饭你们娘俩不吃！"

"那……"哈娜一时不知道该说什么，婆婆是不会做饭的人，她和孩子的确吃不惯婆婆做的饭，"那怎么办？如果妈妈觉得在这儿不舒坦，回去也可以啊，爹也需要人照顾的。干吗非要在这儿受委屈？"

韦林瞬间就爆了，说："哈娜，就凭你这句话，我揍你都不多！我今天不打你是我教养好！孩子大了，用不着我妈了，就赶我妈走了？你连个人都不算！"

哈娜只觉得脑子轰一下就炸了,却又无力,她完全不知道自己能说什么、做什么,她只觉得她的脑子要炸开了。

其实,这个结局她早就想到了,她太了解韦林了。哈娜平静地离开卧室,叫起了女儿,给孩子穿好衣服,准备出门。

"你干吗去?"

"出去走走。"

"哈娜你是不是疯了?大晚上你带着孩子出去干啥?你不找事能死吗?"

什么叫我找事儿?

可即便是这句话,哈娜也说不出来了。语言太贫瘠了,它没有力量。哈娜甚至不明白,是从什么时候开始她跟韦林走到了这一步——那些温言软语、深情蜜意,都被生活磨砺成尘,灰飞烟灭。

她垂下头,刚好看到自己藏在拖鞋里的脚。就想起那时候恋爱,她赤脚坐在客厅的地板上看电视,他在一旁盯着她傻笑。哈娜抬头嗔他一句:"看什么呢你?"

韦林说:"你可真像个小皮娃娃。"

她对他这个比喻嗤之以鼻。

他就急不可耐地解释:"小时候在镇子里唯一的商店看见的精致的皮娃娃就像你这样。"

他说这句话的时候,温柔而虔诚。

然后他握住她的脚,按在自己手掌上说:"怎么这么小。以后,我要是跟你吵架,你就跟我挥挥你的小手小脚,我就绝不舍得欺负你了。"

可现在,他们早就吵都懒得吵了。

他说：就凭你这句话，我揍你都不多！

他说：我不打你是我教养好！

他说：你连个人都不算！

即便这样，曾经那些话，仍然根深蒂固地扎在她心里，岁月也好，争执也罢，从来不曾磨灭它分毫。

她又想起初见的时候。夏末的天气，傍晚。风凉而韧，呼一声迎面吹过来，就会挂在肌肤上，久久不散。

他骑自行车带着她，在宽阔的街道上走过。他不说话，她也不说话。就只有那些黏腻的风，吹起他白色的衬衣，让他身上洗衣粉的香味铺天盖地地将她彻头彻尾地淹没。

那些曾经啊，都到哪里去了呢？

韦林拉扯着哈娜，从她手里抢妞子，她细瘦的手腕要被韦林捏断了……婆婆也从客卧出来了，急匆匆地问："这是又怎么了？怎么又吵上了？"

妞子吓坏了，号啕大哭，被婆婆拉了过去抱在了怀里。

哈娜却觉得自己仿佛什么都听不见了，那些乱七八糟的声音落在她的耳里，瞬间化成方方正正、棱角分明的沙砾，穿破了她的耳膜，钻进了她的大脑，顺着她的血液流过了四肢百骸，最后，悉数堵在心口——她要疼死了，但是她说不出来。

冰冻三尺，非一日之寒。

（三）

> 当一个人给另一个人钱，蒙福的不是那个收钱的人，而是给钱的人。

——弗雷德里克·巴克曼《一个叫欧维的男人》

小舒下班的时候，在新华书店门口遇见了哈娜。

她没穿外套，赤脚穿着拖鞋，愣愣地坐在书店不远处的露天休息座上。她鼻尖冻得通红，整个人僵着，一动不动。

小舒跟她说了好久话，她始终无动于衷。小舒吓坏了，赶紧给谭欣打电话，让她拿衣服鞋子来，自己将哈娜带进了书店旁的麦当劳。

"我知道欧维为什么想死了。"

哈娜张口的第一句话就把小舒吓着了，但她只能装没事人，她点了热奶茶，亲亲热热地塞给哈娜问："为什么啊？"

"因为，她是色彩，她是他全部的色彩。她死了，他的世界就没有色彩，没有意义了。他就绝望了。"哈娜抬头看了小舒一眼，"欧维就绝望了。"

小舒担心极了，无比庆幸自己为了准备书友会将这本书读了好几遍。

"那你知道他最后为什么又决定活下去了吗？"

哈娜没说话。

小舒拿着她的手抱住热乎乎的奶茶说："因为，他的妻子不是他的色彩，爱才是。但不是只有他的妻子才爱他。整个世界都在爱他。爱欧维。"

哈娜没说话。

小舒彻底没招了，她一个恋爱都没谈过的小姑娘，不太会劝人，更搞不懂婚姻里那一套。何况哈娜像个锯了嘴的葫芦，什么都不说。

好在，谭欣来了，她把小舒支走，自己陪哈娜聊了很久。

大多数时候谭欣说，哈娜听。

谭欣讲起了自己"志不同道不合"，彼此放手也彼此救赎了的婚姻。"我们现在是很好的朋友，你信吗？我理解他了。我知道他想折腾一下，想创业，想闯出一片天地，输了也不后悔，艰难也难放弃，我理解他，但我没办法支持他，因为我心小，我过不了担惊受怕的日子。他也理解我。所以，他比以前幸福多了。"谭欣看着哈娜，自顾自说了下去，"其实，是我们能沟通了。沟通挺难的。以前我们也不说话，一天不说话，谁也不说话。哈娜，你得先敢于替自己说句话，然后敢于听一听他的心里话。"

"哈娜。你跟姐说实话，你说不来书店了，退卡、退群、删好友……你想干啥？哈娜，你是有孩子的人，你可不能走极端。"

哈娜还是无动于衷。她还是不说话。

她想过死吗？可能没有。但是她期待一个结束。

"如果这个结束不是生命的结束,不是婚姻的结束,那别管是什么,总有一个结束就好。"

哈娜这话让谭欣松了一口气,也让谭欣忍不住想骂人。

"哈娜啊,你是要屙死嘛!鞋子舒不舒服只有脚知道。你得试着去为你的脚发声,你不主动去修鞋,难道等着鞋自己去找修鞋匠挨刀子吗?你得试着去跟你生命中纠缠不清的那个人磨合沟通啊,你得去寻找最适合自己的生活的方式啊。"谭欣恨铁不成钢,她伸手抱着哈娜,轻轻推她头,"你要是我妹妹,我就打醒你。经济上我们可以不富足,但精神上绝不能憋屈死。"

"那我该怎么办?我该怎么办?"

"在处理对方的问题之前,得先调整自己的心态,尝试理顺自己。你自己先别着急、慌乱、焦虑,慢慢来,想清楚你要什么,看看你们的问题在哪,想离婚就干脆离,离了开开心心地自己过。离不开,就好好沟通,想办法一点点地解决问题。千万别又不离婚,又满肚子委屈,将就着过日子。"

哈娜终于哭了。

她开始明白,原来婚姻中少不了要互相"迁就",但谁也不能一味"将就"。

那晚上,哈娜没回去。

她在附近找了家宾馆安顿下来,准备好好冷静一下。

那场《一个叫欧维的男人》的读书会,哈娜还是去了。她是喜欢这个故事的。弗雷德里克·巴克曼用很轻的笔触讲了一个很重的关于生死的故事,用很冷的基调营造了一个很暖的关于治愈的氛围,用很令人讨厌的方式描写了一个可爱的一心求死的欧维。他最终还是死了,不是自杀,而是安静地躺在了饱满的爱中。

哈娜开始相信,截然不同的两种个性的人之间也能有爱情,就像欧维和他的妻子。

她开始明白,她不是他的色彩,爱才是。

哈娜想:读书会结束之后,她要好好准备一下,认认真真地跟韦林聊一聊。

那天晚上,她深思熟虑后,还是决定填写心理课程培训申请表,她热爱音乐,也喜欢跟孩子们谈心。

就在哈娜即将签名时,她接到了韦林电话,电话那端却是个陌生的声音。韦林喝多了,醉倒在地铁站了。

哈娜气喘吁吁地赶到地铁站,她穿过汹涌的人群往站台跑。先看见了角落里的人群,拨开人群,看见了站着维持秩序的保安,最后才看见靠在墙角,蜷缩着一动不动的韦林。

他身边已经被清理干净了,身上的呕吐物也被擦过了。好心的保安大哥手里还拿着一大卷卫生纸、拎着垃圾袋。

哈娜感激地给保安鞠躬,说:"谢谢您,太谢谢您了,给您添麻烦了。"

保安一个劲儿摆手,说:"都不容易,不容易。大家伙都散了吧,家里人来接了,都散了,散了。"

仿佛是听见了哈娜的声音,韦林抬起头来,他的脸已经煞白了,满身酒气,双眼无神地到处找着。

"老婆。"韦林坐在地上,伸出手,无比委屈的样子。

几乎是下意识的,哈娜跪下来抱住他说:"你疯了吗?你喝这么多！你命要不要了？"

"老婆，哈哈……"韦林忽然哭了，他抱住哈娜号啕大哭，委屈得像个孩子，"我不想喝酒啊，老婆，我最不喜欢喝酒了……"

"没办法啊，老婆，我没办法啊。"

"我不想欺负你啊,这个世界上,我最不想欺负的人就是你,可我最欺负你了是不是？我就是忍不住……"

"老婆你不知道，我快受不了了，我都不知道啥时候我就撑不住，就崩溃了……公司里全是小年轻，大家每天都在谈新东西，我听不懂，我一天不学习就听不懂……我必须全力以赴，必须很拼命，必须天天往前跑，必须认真讨好客户领导……才能维持我的业绩，可是光维持还不行，我还得进步，我怕一旦被辞退了，再找工作就难了……我这个年纪，谁要我啊……IT行业更新换代太快了……老婆，我怕啊，我失业了，你跟孩子怎么办？"

"你知不知道他们在背后叫我什么？叫我马屁精！叫我韦马屁！韦臭臭！你知道我的啊，哈哈，年轻时，谁不骂我臭清高啊……"

"人到中年，老婆，人到中年，太难了啊……"

韦林的舌头已经捋不直了，连哭带说，哈娜偏偏就听懂了。她已经想不起韦林多久没有叫她哈哈，也想不起他们多久没在一起说过话。

那一刻，哈娜抱着韦林哭了。

韦林是在医院醒来的。

韦林提出要好好聊一聊。他带哈娜到了谈恋爱时最常去的小公园。多年的光阴说起来仿佛是空的，放在这小公园就一下子落在了实处。那些曾经纤细的小树，仿佛忽然之间就长壮了。

他们曾经茁壮的爱情，却岌岌可危。

哈娜和韦林是相亲认识的，双方的家庭条件并不那么般配，韦林是山村里出来的苦孩子，在济南毫无根基，哈娜的家庭条件却十分不错。

偏偏两人一见钟情。

"一见钟情，咱俩一地鸡毛还差不多。"哈娜把这话说得很淡，她只是轻轻地搅着咖啡，慢慢地把自己的感觉说了出来，"我是认真地问你，咱们还有没有必要过下去了，还有必要互相折磨吗？我插不进你和你母亲的世界，你也从来没想来我的世界转转。短暂的爱情过去之后……咱俩就一直婚内单身。说不好听点儿，这叫丧偶式婚姻。在你的世界里我死了，在我的世界里你也死了。没什么意思，韦林。"

韦林从来没想过，哈娜已经绝望成这样了。

"我承认，冰冻三尺，非一日之寒，我习惯了躲避矛盾，隐藏自己的想法，我自认为为这个家做出了牺牲，忍着你的坏情绪。事实上，我将不沟通的隐患埋得更深，更可怕了。那么，现在你能不能放下情绪，冷静地听我说一说这些年我的感受？当然，我也很愿意听你说一说你的委屈、压力以及痛苦。"

那天，他们从正午艳阳高照，聊到夜色深沉。中途几次哈娜笃定了要一拍两散，韦林争辩到面红耳赤。第一次沟通没那么容易，但或者是因为感情基底还在，他们终于还是将该说的话都说了。

韦林从没想过自己那些无意的语言、行为给哈娜带来那样不好的感受,哈娜也从来没想过韦林在自己看不到的地方承担了那样大的压力,为这个家付出了那样多的辛苦……

"你先别着急,咱们都再努力试试,你看我的表现行吗?"哈娜要离开的时候,韦林站了起来,他把自己的围巾递给了哈娜,"我还是喜欢像年轻的时候一样叫你哈哈。我都快不会笑了,你再教会我行吗?"

哈娜偷偷掉了眼泪。

(四)

> 一个人的品质是由他的行为决定的,而不是他说的话。
>
> ——弗雷德里克·巴克曼《一个叫欧维的男人》

韦林辞职了。

他准备好好休息一阵,充充电,换一家公司工作,哪怕收入比现在低一点儿,只要压力小一点儿,有休假就好,他需要时间来重新融入他的家庭,也走进孩子的成长。

婆婆回老家了,是韦林亲自送回去的,家里一切都安顿得极好，老太太每天欢喜地学跳广场舞，每天打视频电话跟妞子聊得可开心了。

哈娜如愿参加了心理学培训课程，还拿到了优秀学员嘉奖。

韦林的脾气还是那么坏，他还是经常跟哈娜发脾气，可他渐渐学会了立刻道歉，哄哈娜开心。

哈娜还是不爱说话不爱笑，但她开始学着把想法说给韦林听，哪怕吵两句，也比埋着问题不解决强。

原来，有些事情，说没用，要试着去做。

原来，只要你肯爱这个世界，这个世界也会以相同的方式爱你。

繁　衍

THE BOOK THE BOOKSTORE

将来，一定要少点难过，少点痛苦，少点疲惫，不再忍气吞声，要勇敢地为自己发声。

——赵南柱《82年生的金智英》

（一）

> 感觉自己仿佛站在迷宫的中央，一直以来明明都脚踏实地地找寻出口，今天却有人突然告诉她，其实打从一开始这个迷宫就没有设置出口，与其茫然地杵在原地，不如加倍努力，就算钻墙也要杀出一条血路。

——赵南柱《82年生的金智英》

上午九点半，泉城路新华书店里一片静谧，顾客稀拉散落在四周，翻书的声音窸窸窣窣，细碎、温暖。

方林风风火火地走进办公室，痛快地栽进办公椅，极奢侈地奖励了自己一块巧克力。

方林，女，三十五岁，书店副经理。这人精通业务，管理严格，工作起来像个女汉子，果敢、大气，也不乏细腻、扎实，

"刚柔并济"这个词放在她身上也不为过。

方林在书店工作十多年,对图书市场有着超乎常人的敏锐,别家书店进货调整几乎完全依靠后台的销售数据,她却总能快人一步,敏锐捕捉到某本书的畅销潜质。上个月增加的几本儿童读物和女性励志书销量都不错,零售营业额继续领跑市区各大书店。书店读书分享会、名师大讲堂举办得也都如火如荼,文化活动做得好,品牌形象经营得也好,整体业绩蒸蒸日上。

"值得奖励。"方林将上月经营数据看完,痛快地给自己打分,然后开始对工作情况复盘。

她的好心情没有持续三分钟。

只听咣当一声巨响,办公室密闭的木门猛然被撞开,谭欣惊慌失措地跟跄进来说:"我的天,方经理,你赶紧去看看,前台那有个人突然晕……晕……晕倒啦!脸煞白,嘴唇都青了!吓死我啦!别是心脏病吧?"

谭欣说话打战,磕磕巴巴的话往外蹦。

"沉住气,这种事怎么处理还用我教你吗?打120了吗?"

谭欣愣愣地摇了摇头。

"打120,发布广播!我说谭欣,你急什么?再这么咋咋呼呼的,我非让你上黑榜、写检讨不可!"

虽然方林话说得稳当,但心里也担心着急,说话间人已经跑出去好远。

前台附近,顾客早围了一圈,小舒、老贾正指挥着围观人群散开。

"请大家让开下,别围着,晕倒的病人最需要流通的新鲜空气，120马上就到，麻烦大家让开点儿，让开啊！"老贾焦急地大声喊。

小舒蹲在地上，不知所措，盯着晕倒女人苍白的脸，沙哑着嗓子喊："师父，师父，这咋整？我不敢动她啊。"

"小舒，我来！"方林急匆匆赶到。她单膝跪在地上，细心观察病人症状。

围观的顾客也七嘴八舌地支招讨论："她会不会是中暑了？"

"这天气，这室内温度，中什么暑？不会，肯定不会……"

集团每年都会组织店长、店员进行常规护理知识考核，避免客人在书店发生意外时操作不当耽搁客人救治。晕倒的女人满手虚汗，掌心像被雨水淋过的青苔，滑滑的，湿湿的。

"她脸色苍白，满头大汗，手心冰凉，是不是低血糖？"

"低血糖的确会心慌、头晕、冒汗，"小舒正说着，就见那人眼珠微动，缓缓呻吟，"经理，她醒了？"

围观的一位年轻人也挤进人群，说："我是医生，让我看看。"她蹲下来试了试病人脉搏说，"应该是低血糖。"

"让她吃块糖试试哦？"一位正装白领丽人焦急地说。

"我有，我这有奶糖。"

"我有，我有，我有巧克力。"

"我也有，我也有，我这还有饼干，饼干也可以！"

……

此时，晕倒的女人慢慢睁开眼睛，意识逐渐清醒。

方林赶紧坐在地上，轻轻托起女人的头，让她枕在自己腿上。方林右手揽着病人肩膀，接过女孩剥开的糖块，递到女人嘴角。

女人没有拒绝，配合地含了糖块，脸色渐渐好了，挣扎着想要坐起来，方林轻轻托了她一把。

女人扭头瞅瞅方林，眼神里满是感激，说："我没事，就是没吃早饭，低血糖，缓缓就好啦，谢谢各位了。"

谭欣端了糖水来，说："已经拨打120了，您还是去医院看看吧，刚才那样子太危险了，多吓人啊。"

女人看着四周关心她的陌生人，有些不好意思，说："谢谢您，不必麻烦了，不用浪费社会资源的。非常抱歉，让大家担心啦，谢谢！谢谢大家！"

"没事就好，没事就好！"小舒和客人们连连回复。

"看你年纪轻轻的，身体这么虚弱可不行啊。可要按时吃饭，别不在意，好的身体才是本钱，千万别让自己亏本哦！"被挤到外围的老贾也真诚地给她建议。

人群散去，老贾打电话取消了120救助。方林、小舒扶着女人来到书吧——方林本来想让她去办公室里好好休息下，她却不肯过去，生怕给大家添麻烦。

老贾把顾客给的糖果、巧克力、饼干装到塑料袋里，还特意从收银台又拿了一些零食，装了满满一袋子递给女人。

"需要给你家人打个电话吗？"方林柔声问道。

"算了，别让他们担心了，我没事儿。"女人双手握着杯子，肩膀微微缩着，话音有气无力，她脸上的苍白已经褪下去了，转而变成一种极不健康的蜡黄，看起来疲惫不堪的样子。

方林莫名觉得有点儿心疼，轻轻拍了下她手臂，说："别硬撑。"

"嗯。给您添麻烦了。我自己身体不好，该在家好好休息的，不该往书店跑。那个,我叫顾楠。真是太谢谢你啦,也谢谢那些陌生人。要不是你们,我恐怕……"

"你还年轻呢,以后注意饮食,出门备着点儿糖果、巧克力之类的,不会有事的,别多想。"

"嗯,谢谢。"顾楠抬头看了一眼方林,努力挤出了点儿微笑。

方林觉得她大概有心事,一时之间又不好问。

顾楠眼泪却掉下来了,她捧着杯子用力低下头说:"我真是……让您看笑话了。不该这样的,我平时也不这样。"

"没事,人不舒服的时候总会脆弱一些。没事。"

"谢谢姐。"顾楠脱口而出,又觉得自己失了分寸,脸上有些不安和尴尬,"您说话声音特别像我姐,眉眼也像。"

方林在店里一贯雷厉风行,人送外号"男人婆",她鲜少会暴露自己温柔的样子,这会儿被人叫了声姐,自己倒不好意思了,说:"想姐姐了?我也有个姐,比我温柔多了。我啊,他们都叫我男人婆、方老虎,没吓着你就好。"

方林打趣了一番,看顾楠笑了,又说:"你能喊我姐,是咱俩有缘。"

顾楠沉沉吐了口气,到底笑了,脸上的阴郁之气也渐渐化去,额头上青紫的瘀痕倒是格外明显了——这是刚才晕倒时,在书架上磕伤的。

"我去拿急救包,处理下你额上的伤口。"方林刚起身,就听见小舒激动地大喊:"你干什么?"

（二）

> 一个女孩要经历多少看不见的坎坷，才能跌跌撞撞地长大成人。

——赵南柱《82年生的金智英》

方林快步走回卖场，看到小舒正在跟一个男人争执。

看到方林过来，小舒火气更大了，说："经理，这个人横冲直撞的，上来就推了我一把，他凭什么？"

"凭什么？"男人看见方林和顾楠，神色也变了，他手指几乎要指到方林鼻尖上，"你们欺负我媳妇儿！她的头怎么搞的？！"

方林刚要问发生了什么事，男人竟想要动手。

方林下意识向后躲，她脚底不稳，险些摔倒，说："这位先生，请你好好说话。"

顾楠几乎要哭出来，她压着声息呵斥："吴谦，你又在发什么疯？"

"你大胆跟我说，不用管他们！你额上的伤，是不是她们弄的？我刚在门口听人说了，有人跟店员发生争执，还动手了！"吴谦仍旧一脸愤怒。

"我真是受够你了!你能不能不要这么武断,听风就是雨!事情根本不是你想的那样,是我低血糖,自己晕倒摔的。你怎么总是这么冲动!"

"啊,低血糖,怎么会低血糖呢?让你在家休息你怎么不听呢?对不起啊,老婆,我弄错了。我听说出事了,好像是打架的,还说有个穿黑上衣短头发的年轻女的晕了,我就急了……"吴谦脸红了,忙不迭道歉,"对不起,对不起,小姑娘!对不起,对不起,经理!是我莽撞了,是我的错,该打该骂任你们处理,我绝无二话,抱歉,抱歉,抱歉!"

"姐,您大人有大量,老吴这个人……他不是坏人,就是性子急。"

小舒不高兴,转身走了。方林摆摆手说:"算啦,他也没真的动手。"

"以后做事不要这么武断!不要伤了好人的心!她们是我救命恩人呢!"

"我这不是着急找你嘛,宝儿,咱回家啊。"男人牵着顾楠的手腕,拇指轻轻摸索顾楠冰凉的手。

"我不回,回去了你又要逼我。我就想自己冷静冷静,行吗?"

"有什么好冷静的?你先养好身体要紧!"

"养好身体之后呢,继续是吗?无休无止地继续是吗?"顾楠甩开他,向后退了一步,"你饶了我吧,让我自己喘口气,行吗?"

"顾楠,有什么好冷静的?有生之年,我就想要个孩子,要个属于我们的孩子,怎么就那么难?我这愿望过分吗?我有错吗?"吴谦伤心地说,"老天爷不公平,你也要毁了我才行吗?

我就想要个咱俩的孩子,我不想咱们老了无依无靠、孤独终老,我不想家里父母被人戳脊梁骨说老吴家断子绝孙了。顾楠,你想让我一辈子背负不孝的罪名吗?"吴谦埋怨道。

顾楠满眼绝望地望着眼前的男人,深吸一口气,缓缓说道:"吴谦,女人活着不是为了传宗接代生孩子的。"

"可天底下哪个女人不生孩子?女人生孩子是天经地义的!"

顾楠眼神里透出失望和痛苦,说:"那你去找一个心甘情愿为你打几百上千针、愿意为你刺破子宫取卵人工授精、愿意一次次经历受孕失败的女人给你生孩子吧。吴谦,我做不了那个人。吴谦,我也曾心甘情愿过,我也曾遭受女人无法言说的尴尬和痛苦,可一次次的期待换来的都是失望,我累了,太累了。吴谦,放过我吧,别逼我了。"

"顾楠,我知道你受委屈了,我知道你难,可我对你不是掏心掏肺的好吗?你做手术的医院里,谁家男人像我这样当牛做马?我不是铁石心肠,我不想逼你,我的心也是肉长的。"吴谦痛苦地握紧拳头,"宝儿,我就想要个孩子,咱俩的孩子。"

"我不想要吗?吴谦,我不想生吗?不能生又不是我的问题,凭什么到了最后,每个人都来审判我,道德绑架我,要挟我,凭什么,难道我就没有自由了吗?"顾楠痛苦地闭上眼。

"你要什么自由?这条路,不一直是咱俩一起走的吗?"吴谦眼眶红了。

"是,但我现在不想走了,吴谦,我不想走了。"顾楠眼中也含着泪,"你走吧,这件事我们回头慢慢说,不要在这儿……"

"你自私!顾楠,你自私!"吴谦忽然怒了。

"我自私?"顾楠愣住了。

顾楠忽然想起她第一次去医院取卵时的情景。那时,她跟吴谦还满怀希望。

她清楚地记得,她第一次取卵是没有打麻药的,只象征性地打了止痛针。顾楠躺在手术床上,她能清晰地感受到扎在卵巢上的每一针,下腹疯狂地疼。她咬着牙,满脸是泪,额头上密集的汗打湿了头发,血压和心跳飙升,夹在手指上的检测器发出刺耳的提示音——她从来不知道自己对疼痛的耐受这样差,她从来不知道自己是这样娇气怕疼的女人。

可她是真的疼。

当天下午,顾楠的肚子不断涨大,到晚上已经像怀孕六七个月一般,呼吸都梗在肺腑间,几乎随意要窒息而死。她得了重度卵巢过度刺激综合征。

那天晚上,顾楠连平躺都不能,输着液、吸着氧,仿佛睡着了,又仿佛陷入了昏迷。吴谦是真的心疼顾楠。他彻夜未眠,哭了半宿。

他说过一万次:"我真恨不能替你疼。"

最初听到这句话的时候,顾楠是感动的。她觉得,为了这个知冷知热的男人,为了有个共同的孩子,这些疼痛和委屈,她可以忍。

可时间久了,她开始觉得:这样一句话,再深情,再动人,也不过是一句话。

他替不了,经历各种肉体痛苦的是顾楠,经历"无从谈及尊严"的治疗过程的,还是顾楠。在这些痛苦和委屈面前,"心疼",一文不值。

顾楠说不出话了,她冷冷地说:"你走吧,我现在不想回家。不想回你家。"

阅读区的几个顾客实在忍不住了,隐约也有了些议论。

"女性也有生育自由,男人没有权力干涉女性生育的权利。"

"哪有女人不生孩子的?"

"不就是想要一个自己的孩子吗?一次不行,两次,两次不行,那就三次,实在不行,那就来个五次六次,他爱人不怕花钱,想再试试,有错吗?"

"还不是因为有感情,没感情找谁生不是生?要是不爱了,才不会想孩子的事。"

"没有孩子怎么啦,受这么大罪干什么?领养一个不一样吗?"

"真爱?真爱谁舍得心上人受这罪……"

"……"

这些话也一句句地往吴谦耳朵里钻。他脸色越来越难看,黑沉沉的好像山雨欲来,眼看他要起身跟人理论,顾楠哑声开口:"你要在公共场合闹事,别怪我不客气。"

吴谦愤怒又委屈,他恨恨地举起双手,向满脸泪痕的顾楠举手投降道:"好,我走,我走,我立马走!你最好也想想清楚,想想这些年,我吴谦是怎么掏心挖肺地待你的!"

"吴谦,你是掏心挖肺地待我吗?你是掏心挖肺地待我的子宫!"

吴谦被气得眼都红了,他张了张嘴,想说什么,却又硬生生吞了回去，脚步沉重地离开。望着丈夫疲惫的背影，顾楠心有不忍，起身一半，又坐下，别过脸，用只能自己听见的声音说了一句："老天爷为什么要让我们受这种折磨。"

顾楠第一次胚胎培植，配成了八个。但手术前检查时发现顾楠子宫内膜厚度偏薄，需要灌注生长激素。

如果可以，顾楠希望自己能忘记，永远不要想起这些经历。

她在手术室内等候治疗。不亲临其境，可能永远不会知道，这世界上怎么会有这么多人为了"生育"受尽苦楚。

排队的人实在太多，顾楠从早上八点半进入等候室，十一点还没排上号。她光着下身，跟一群女人毫无尊严地挤在等候区。整整一个上午，她没喝一口水，自然也没办法去厕所。她不知道，憋尿的情况下"灌注"竟然也会发生意外——细长的处置管插入她的宫颈，冰凉的药液进入时，她腹部一阵抽搐，疼得撕心裂肺。灌注治疗令她饱胀的膀胱痉挛了……

顾楠不明白，要个孩子，怎么就这么难呢？

（三）

> 大家都会赞扬母亲是伟大、美丽的存在，然而，对于真正成为母亲的当事人来说，不一定全然美好。

——赵南柱《82年生的金智英》

第二天，方林又在书店遇见了顾楠。

这一次，她并没有在育儿区，也没在儿童区看绘本，而是在畅销书区。

方林看见她的时候，她整个人靠在书架上，肩膀蜷紧，眼眶含泪，她手里拿的，是一本《82年生的金智英》。

"顾楠？"

顾楠仓皇擦了下泪，看见方林露出笑意来，她顿了顿，手忙脚乱地打开背包，从包里拿出一个漂亮的手工编织的小熊玩偶说："给您的，刚就想上去找您呢，怕耽误您工作。"

方林接过小玩偶，一个劲儿夸顾楠手巧。

就这会儿，顾楠手机响起，她看也没看，挂掉，手机又响，她又挂掉，第三次响起时，顾楠干脆将手机关了机。

"顾楠，我觉得，你应该跟你丈夫好好聊聊，夫妻之间最忌讳冷战，沟通才是最有效的解决问题的方式。"

"嗯。我们俩之间没什么大问题。我过得，看起来要比大多数人好得多。"顾楠似乎想笑，到底没挤出来，"也就是看起来吧。"

方林也算半个过来人。三十多岁的女人，谁没在婚姻里被狠狠打磨过呢。她看见顾楠手里的书，笑了，说："书不错。我记得本书的后记里有句话，说得很有意思：很多人甚至是在读了这本小说后，才意识到，原来许多事情其实是不合理、不公平、存有性别歧视的。也就是说，对于这些不公平，她们早已习以为常，打一出生就受到这样的对待，所以一直没有意识到有什么问题。"

顾楠不由苦笑,说:"可不是嘛,所有人都觉得女人生孩子天经地义,却没有人想过女人生孩子有多痛苦,养孩子有多疲惫。"

方林隐约觉得自己多言了,她轻轻拍了下顾楠的手臂说:"对了,半个月后,我们这第十八期名师大讲堂开课,有老师讲这本《82年生的金智英》,欢迎来参加!"

"谢谢,我一定来。我一个人也没什么地方可去,闷着总胡思乱想。我很喜欢来书店,人家都说看书能解人生困惑呢,希望我也能多多看书,烦恼不生。"顾楠故作轻松地说。

"白岩松老师说过一句话:我们读所有书,最终的目的都是读到自己。希望你也能早日读到自己,读懂自己。"方林鼓励顾楠。

"我加油,争取尽快读懂自己。"

顾楠带走了那本《82年生的金智英》,临走前,她没忍住,又去了育儿区。

她喜欢有关儿童教育的书,像鲁道夫·德雷克斯的《孩子:挑战》《父母:挑战》,简·尼尔森的《正面管教》等,除此之外,她还喜欢看儿童绘本。

顾楠翻动着精美的童话绘本,脑海中美好的画面,如电影般闪过:

软乎乎白嫩嫩的娃娃,宝贝的头轻靠在我肩头,我右手托着宝宝肉嘟嘟的小屁股,左手温柔地拍着宝宝后背,嘴里哼着摇篮曲,身体摇啊摇,仿佛身体变成了迎风招摇的秋千,自己坐在秋千上，荡啊荡，从日出看到日暮，从月缺看到月圆。

想到这，顾楠的眼里充满了光。

顾楠知道，吴谦手机里，也存了好多可爱宝宝的照片，那是他偷偷从网上下载的。

吴谦还跟顾楠探讨过孩子的名字。

"不管男孩女孩都叫吴迪，希望他们今后面对任何困难时，都可以天下无敌，攻克难关。咱们好好陪伴他，不去报什么奥数班，不去学什么珠心算，也不搞那些花里胡哨的电脑编程，就是玩，痛痛快快地玩。我们一家三口自驾游，看遍祖国的大好河山，好不好？"

"好，都听你的！"吴谦紧紧抱住顾楠，怀抱中刻意留了一个位置，在他的心里，那是他们未来孩子的位置，必须留着。

"吴迪、吴迪、吴迪。"顾楠小声叫着。

"阿姨，你在叫我吗？"一个四五岁的可爱小男孩突然站在顾楠面前，仰着头问她，眼神干净清澈，"阿姨，你怎么知道我叫吴迪，你是在叫我吗？"

顾楠惊喜地看着眼前的小男孩，太凑巧啦，太意外啦，他正好也叫"吴迪"。

顾楠忽然想起小时候偷看的小说，一个小孩子穿越回自己未出生前，带领自己的爸爸营救妈妈，展开一场"救爱计划"，就为了自己能够顺利出生——那一刻，顾楠甚至觉得，这是不是就是她的孩子？他也不远万里地穿越时空，来拯救她和吴谦岌岌可危的婚姻？

顾楠不禁热泪盈眶。

她立马从包里拿出自己花了两个晚上织的大白兔玩偶，送给小男孩。小男孩抱在胸前,亲吻了大兔子的长耳朵,高兴地说:"真好看!"

"吴迪,你又乱跑,妈妈找不到你了!"

小男孩高兴地扑到妈妈怀里,说:"妈妈,你看,阿姨送我的!"

顾楠眼眶红了,她看着女人,轻轻问:"我能抱抱他吗?我……我的孩子,也叫吴迪……"

女人摸着男孩的头顶,看顾楠的眼神都变得温柔了,说:"你很久没见你的吴迪了吗?"

顾楠愣了一会儿,才慢慢点头,说:"对不起,我冒昧了。"

女人蹲下身子,对儿子轻声说:"阿姨送了这么可爱的小兔子,你是不是应该谢谢阿姨,去抱抱阿姨,好不好?"

"好!"叫吴迪的孩子开心地冲过来,紧紧抱住顾楠,"谢谢阿姨,我很开心,你也要开开心心的!"

顾楠轻轻抱了抱那孩子,险些哭出来。

那母子俩走后很久,顾楠还在愣愣地看着他们离去的方向,看了好久。她拿出手机,想把这件事情讲给丈夫听。

刚要按下开机键,手指却莫名颤抖起来,她忽然想到,她已经决定放弃了。

第一次移植前,顾楠和吴谦像其他病人一样租住在医院附近,准备打长期战。办完入住,她才知道,那栋楼上大多数都是像她这样的备孕妈妈。

第一次移植结束后,她被要求每天打两支黄体酮。黄体酮这种药剂很奇怪,或者是因为它制剂特殊,针扎进来能疼得人怀疑人生，还特别不容易吸收，两三天下来，屁股上就肿起了两个硬疙瘩。同楼有些病友，几个月过去，屁股上还顶着两个大馒头。

可顾楠，比他们还要倒霉一些。注射第三天，她开始严重恶心，剧烈呕吐，臀部和脸上生出一层奇痒无比的疹子。顾楠甚至怀疑，是不是上天真的不允许她要一个孩子，还是说所有需要做人工受孕的准妈妈们上辈子都犯了罪？非得要吃够了苦、受够了罪、还清了罪孽，才能换回那个与自己血脉相连的小精灵？

无疑，顾楠的第一次移植失败了。

等待她的，是第二次、第三次移植——可惜，世事弄人，每次她鼓足勇气去，总是满怀失落而归。

孩子没怀上，长期服用激素，让顾楠成了个胖子。为了准备第四次移植，她被要求减肥。

就在顾楠做试管婴儿期间，她接到单位电话，四年一度的职务晋升考评开始了，各项指标来看，顾楠的希望很大。这是顾楠积累了多年，等了四年的机会啊！可吴谦和他父母却说，孩子重要。

她已经请了很多假，不知道这条路未来还要走多久。这时孩子还没出生，出生以后呢，她还有精力投入工作吗？

她放弃了，她只能放弃。

那个阶段，心理和身体的双重折磨，亲人的指责，外人的非议，早已经压得顾楠喘不过气。严重的神经衰弱折磨着她，她经常整晚整晚睡不着觉，枕头上满满的落发，她时常觉得人生没有意义，活着真累。很多时候，她甚至想到了死。

顾楠偷偷去看心理医生——中度抑郁。

可这些事情,吴谦不知道!

顾楠假装一切都好,努力维持现状,伪装自己坚强、勇敢的样子,时间长了,面具就长脸上了,连揭下来的力气都没了。

顾楠想到这里的时候,眼眶又红了。她不由想起,刚才在《82年生的金智英》中看到的一句话——你不是说叫我不要老是只想着失去吗?我现在很可能会因为生了孩子而失去青春、健康、工作,以及同事、朋友等社会人脉,还有我的人生规划、未来梦想等种种,所以才会一直只看见自己失去的东西,但是你呢,你会失去什么?

当加害者在担心自己很可能会有一些鸡毛蒜皮的损失时,受害者则必须做好很可能会失去一切的心理准备。

顾楠用了很久,才让自己从颓唐的情绪中走出来。临走前,她打开了手机,十余条信息,争先恐后地涌进来。

是吴谦。

顾楠懒得看,直接把电话打过去。

"你怎么才接电话?快收拾一下回来,晚上爸妈来家吃饭,他们又托关系找熟人,好不容易又联系上了北京一家知名医院的妇产科主任,做试管婴儿的成功率很高,全国有名!他们想晚上过来一起谈谈,什么时候去,怎么安排。"

"我不去。"

吴谦急了,说:"你怎么这么不懂事?我父母还不是为了我们好,如果没有孩子,暂且不说别的,老了以后我们怎么办,难道我们要孤独终老吗?再说了,亲戚朋友都在问,什么时候才能看到吴家的宝贝孙子,你让老人怎么回答,让他们的脸面往哪搁？还有你爸妈，你爸妈不敢给你施压，就给我施压，让我劝劝你，趁着年轻，再去试试，万一成了呢，你让我怎么说？你不为我着想，不为自己着想，总该为老人着想吧？"

"我们都是成人了，总该承担一些责任，生儿育女本就是我们为人的责任，你不要忘啦！"

"你没有被医生判死刑，医生没有百分百说以后试管婴儿手术都不会成功，以前也许是他们技术不行，也许是时机不对，这次，我们好好准备，好好调养身体，再试最后一次，我答应你，肯定是最后一次！"

……

以前每次吴谦提出再试一次的时候，顾楠纵有千般万般身体上的不适，从没有冷着脸拒绝，都是面带笑容说好的，再试一次。

"你每次都这么说！千篇一律的车轱辘话！老了怎么办、父母怎么办、亲戚非议怎么办，你怎么不想想我怎么办？你永远说最后一次！你保证！"顾楠冷笑，"你拿什么保证？"

在顾楠的心里，最后一次太容易夭折，就像她始终不会来这个世界的孩子一样。

吴谦沉默了，顾楠沉沉吐了一口气，说："吴谦，我们离婚吧。"

（四）

> 衷心期待这个世界会变得更美好，男女也不再成为某些事物的筛选条件，而这需要女人的自觉与男人的换位思考。

——赵南柱《82年生的金智英》

名师大讲堂那天，顾楠如约而至。

陈教授讲得很好，引经据典，妙趣横生，一会儿引得大家哈哈大笑，一会儿又让大家陷入沉思。他鼓励女性朋友们独立、自强，爱别人之前要先爱自己。

陈教授跟大家讨论了《82年生的金智英》，讲到了女性婚姻自由、生育自由、事业自由、精神自由，也讲到了女性的抗争。交流环节，很多书友分享了自己的故事。

"我是个单亲妈妈，我老公家暴。离婚时我什么都没要，只带走了三岁的儿子。当时我父母劝我放弃孩子的抚养权，说一个女人带孩子有多么不容易，更何况，我家还是个男孩，以后要想再嫁可能就不容易了。可如果我松手了，孩子跟着爸爸，不知道哪天爸爸的手就打向他了……为了自身脱离泥潭，垫着孩子瘦弱的身体爬出井口的事，我做不到，我还是要争……"

"我学了三年的钢管舞,我很喜欢这种把力量和优美融合起来的舞蹈。为了跳钢管舞,我跟前男友分手了。可能是爱得不够深吧。我一直觉得真正契合的爱情是能够彼此认可、彼此尊重、彼此支持的,你尽可以去做你喜欢的事情,你不必事事都跟别人一样,你不必因为你是女人就必须要怎样,我爱你就因为你是你而已。这是我追求的爱情。得之我幸,不得我命,我不后悔。"

"我不想再生啦,大宝刚三岁,我好不容易从苦不堪言的育儿状态中解脱出来,又让我重新回到牢笼中,我真是没有勇气。身边很多人都在说,你家只有一个,你怎么不生啦?得给孩子留个伴儿啊!孩子没个肩膀不行啊!好像不生二胎就对不起孩子,对不起全家似的……"

……

自始至终,顾楠一直沉默着,一言未发。活动结束时,天已经微微黑了。她刚走出新华书店大门,就看见秋风里胡子拉碴、翘首期盼的吴谦。

"吴谦,离婚吧。我对得起任何人,可唯独对不起我自己,我不想再浑浑噩噩地过下去了,我也想去寻找自己的人生,而不是被生孩子这一件事,给束缚住腿脚。"

吴谦哭了。

那天之后,顾楠发短信约方林见面。

她说:姐,我想找个人说说话。

方林犹豫了一瞬,还是决定赴约。人生就是这样,一场遇见,即便她这样一个"男人婆",也会遇到一人,把她当成温柔的依靠。

"姐，我心里憋闷，想找人说说话。你愿听吗？"

"我可能帮不了你，但我有一双好耳朵。"

顾楠笑了。

顾楠和吴谦是大学同学，两人几乎是一见钟情，恋爱多年，感情一直很好。人家毕业就分手，他俩愣是把毕业照拍成了结婚照。可是，结婚后，两人一直没有好消息传来。刚开始忙工作，后来想生了，各种备孕，还是没结果。

吴谦家三代单传，老人想早点儿抱孙子，天天催、周周催、月月催。顾南被催得心烦，偷偷去医院检查。医生说她体弱宫寒、输卵管有些堵塞，能治好。

她那时年轻，心思浅，满脑子是吴谦会不会怪我，会不会不要我，他很喜欢孩子，要是治不好了，生不了小孩可怎么办？现在这个社会对不能生育的女人，还会戴着有色眼镜看吗？

顾楠不想被别人指指点点。

反倒是吴谦抱着她安慰道："没事儿，能治好，多难我都陪你。"

可她治疗了半年，总共吃了一年中药，医生说输卵管疏通了，可以正常受孕，可还是无济于事。

那个时候，他们一方面承受着双方老人催生的压力，一方面彼此安慰，顺其自然受孕成功可能性更大。可又过了一年，顾楠的肚子还是没动静。

于是，各种求子秘方从天而降，也不知道老人是从哪讨来的，买回各种中药。吴谦一下班，什么也不干，先把药锅坐上，十二分细心地熬药。顾楠无论如何都忘不了那满屋子的药味，那味道现在想起来还觉得恶心。

吴谦心疼顾楠，家里三个大大的糖罐子里，塞满了各种口味、五颜六色的水果糖。每次喝药前，吴谦都会先问："老婆，今天你想吃什么口味的，草莓的、柠檬的、蜜桃的、哈密瓜的，还是……"

那个时候的日子，是有希望的，有希望的苦日子是糖果味的。

人们总会认为，生不出孩子就是女人的错。他们蹉跎了几年时光，才忽然想起来，是不是吴谦也应该去医院检查一下？

果不其然，吴谦精子的成活率偏低。这真是屋漏偏逢连阴雨，田不肥、苗不壮，受孕的机会自然不大，最好是人工受孕。

从此以后，他们走向了五年四次的人工受孕之路。

在求子这条道路上，顾楠甚至连示弱的机会都没有，即便吴谦疼她，她仍然是孤军奋战，毫无依靠。

失败三次，流产一次。

"我晕倒在书店那次，其实刚流产不久。关于生孩子这件事，别的话听不着，风凉话一句不少。哪个女人生孩子不是在鬼门关前走一遭？这点儿痛别人能承受，怎么到了你这里就不行啦？自己不能生还不舍得受点儿罪，婆婆家花了几十万呢……这种话，我听得耳朵都起茧子了。我不想别人说我娇气，我必须强撑着，直到撑不动，挣扎不了，再也站不起来了为止。"

"我知道吴谦心里有我，在乎我。我也在乎他。正因为在乎，我才看不清自己。我无数次在心里告诉自己：再给他一次做父亲的希望和机会吧,哪怕机会渺茫,希望微乎其微,哪怕这道光照耀在他身上的时间很短,只要能给他自认为失败的人生一抹亮色,我都会拼命去做。这些年,我不敢拒绝,仿佛我一拒绝,就给他判了死刑。只要我一句话,我就会成为一个刽子手,一个杀害未来孩子的刽子手、杀害全家希望的刽子手。我不能这么狠心,我不能对别人下狠心,就只能对自己下狠手。我必须要视死如归般地投入到这场生子的战役中,孤身奋战,义无反顾,只许成功不能失败。"

顾楠的眼泪止不住了,彻底淹没了方林的心。

方林抱住默默掉眼泪的顾楠说:"顾楠,我心疼你。但这世界上没有什么真正的感同身受,我不是你,没办法劝你做任何决定。我只能说,做人难,做女人更难,正因为难,我们才要珍惜,毕竟我们的生命只有一次,是活给别人看,还是活出真正的自己,全看你的选择。我只希望,以后的你,不管选择什么样的道路,都能勇敢活出自己,好吗?"

"王小波说:我的勇气和你的勇气加起来,对付这个世界总够了吧?去向世界发出我们的声音,我一个人是不敢的,有了你,我就敢。可是姐,现在,我想离婚了。以后,我自己过,条件成熟了就收养一个孩子,带他看书、看世界,陪她长大。你说……行吗?"

"顾楠,不要问任何人的意见,请问问自己的内心,忠于自己的内心去做就好!"方林鼓励道。

（五）

> 由衷期盼世上每一个女儿，都可以怀抱更远大，更无限的梦想。

——赵南柱《82年生的金智英》

生活总是这样，不能叫人处处都满意，但我们还是要乐观地活下去。

顾楠想要离婚的事儿并不顺利。她这话说出来不久，吴谦就意外摔伤。他喝醉了，不小心从楼梯上摔倒，骨折了。

顾楠在医院照顾了吴谦一周。出院后，顾楠跟吴谦道别。吴谦立马急了，他意识到顾楠不是一时冲动说要离婚的。

"我再说一次，我不同意离婚！"

"那领养？"

气氛瞬间降到冰点。

吴谦压着怒气，拳头握得咯咯响。

"身体是我自己，我说不想生就不生，谁也不能强迫我做什么！"

"顾楠，你知不知道你在说什么？你凭什么说不生就不生了？"

"我以前想生孩子是因为我想生,不是为了别的任何人,我现在不想生,也是因为我自己不想生了!我身体承受不住了!请你记住,我也想做妈妈,可我不想做失败的、胆怯的、不够勇敢自信的妈妈!这么长时间,我一直在审视我的内心,我不止一次问自己,这是我想要的生活吗?"

"顾楠,你怎么可以这么残忍!生活不是你一个人的!人活着不能只想着自己!"

"我可以背负责任和期待,我可以承受奚落和伤心,但是我不能接受别人对我命运的摆布和控制。我不是个傀儡,我不是个生育工具,我是个人,一个活生生有血有肉的人。命运让我不能拥有自己的孩子,我抗争过,努力过,我不后悔,可现在我的身体已经不允许我拿它去与命运赌输赢。

"结婚八年来,我一直在为生孩子活着,从没有为自己考虑过。现在,以后,余下的每一天,我只想为自己而活,这个世界没有什么好惧怕的,我们每个人都只来一次,我只想过自己的人生,不想因为没有孩子,就被别人判定为失败的,我的人生我做主,别人无权干涉。"

顾楠这番话,彻底惊到了吴谦。

等吴谦情绪缓和些,扶着桌角坐下,顾楠接着说:"我绝没有拿离婚当成不生孩子的谈判条件,我对你还有感情,我也不想离婚,但我不想再过以前的生活了,如果你觉得我的命、我的生理和心理健康不重要,还逼我继续去做试管手术,我只能忍痛跟你说再见。如果你心里还顾念我,还在乎我,就请不要再逼我去做我不愿意做的事。"

顾楠离开了吴谦。

即便吴谦有一万分不愿意放手,顾楠还是离开了。

她还是喜欢来书店,她找了新工作,平时在培训机构做前台,周末就去福利院做义工,日子过得平淡又美好。

"怎么样?遇到你的小孩儿了吗?"方林一边摆书,一边问顾楠。

书店读书会活动要开始了。这一期,大家要一起分享顾楠推荐的书——《活出心花怒放的人生》。顾楠是这一期的主讲人。

"不着急,缘分来了,自然就来了。"

"那……吴谦呢?"

顾楠整理花束的手顿了下,随即微笑着摇了摇头。

那天的分享会举办得十分成功,顾楠侃侃而谈,活动的结尾,她还向大家推荐了奥地利小说家、诗人、剧作家、传记作家斯蒂芬·茨威格的书,并朗诵了他的名言:

"看重精神生活的人,其最高境界就是永远自由,做人的自由,做事的自由,发表意见的自由,自由本义上的自由。"

"命运即使对它最喜爱的宠儿也不是永远慷慨无度的。"

"一个女人只有真正敢于追随自己的内心,才可以称得上真正的、高贵的女人。"

这样自信开朗的顾楠,赢得了满堂掌声。

她微笑着说:"虽说'难得糊涂',我却更愿意活得清醒。清醒地面对,也清醒地处置。人最宝贵的东西是生命和心灵,把生命照看好,把心灵安顿好,人生即是圆满。"

在众人的掌声中,顾楠忽然看到人群的最外围,分明坐着一个熟悉的身影。

是吴谦。

那一刻,顾楠又想起《82年生的金智英》中的一句话,那是艾玛·沃特森在2015年国际妇女节那天所说的话:

"争取的不是女权,而是两性都能自由。"

刚刚好女孩

THE BOOK THE BOOKSTORE

对人而言，最大的不幸就是不喜欢自己。

——岸见一郎，古贺史健《被讨厌的勇气》

（一）

> 人生三大课题：交友课题、工作课题以及爱的课题。人生课题中最难的是爱的课题。

——岸见一郎，古贺史健《被讨厌的勇气》

周六，盛夏，阴雨。

今年的夏天有点儿古怪，高温君和暴雨君轮番上阵，兵刃相向，艳阳高照不足半日，电闪雷鸣便忍不住出场，倾盆大雨不由分说，噼里啪啦地砸着青石板路。

泉城路新华书店，小舒刚下班，她正拉着严子龙闲聊："听说这几天泉水喷得可欢腾呢，趵突泉跟开了锅一样，别提多壮观啦，你俩谁领我看看去？"

严子龙一脸嫌弃地看了小舒一眼说："云含雪浪频翻地，河涌三星倒映天。"

小舒的小圆眼瞬间瞪圆，说："严小虫，你笑话我没文化！就你肚子里墨水多，就你会背诗是吗？"

严子龙一脸认真，说："明朝，胡缵宗的《咏趵突泉》。"

小舒无奈地翻了个白眼。

这也实在没办法，严子龙的确就是书店的颜值担当、博学担当，这家伙偷偷弄了个抖音账号，主要做书摘、诗词分享，粉丝近百万，妥妥的大网红。他啊，高智商、高学历，只要不在镜头前露脸，声音儒雅、侃侃而谈，别提多么潇洒。只可惜，到现在线下活动还总是磨不开面，一有生人在场就结结巴巴说不出话，妥妥的一条胆小社恐虫。

"严小虫，你个社恐分子还好意思笑话我……"小舒刚要发力嘲笑他，手机忽然响了。她收到一条微信。

是高小幸。她说：小舒，记住这张脸。这将是你最后一次看到它的样子了。这句话后面，高小幸发了一个顽皮笑脸。

随后，小舒收到一张照片。

照片中的人纯素颜。没开美颜，没有滤镜。她把头发用发带全撸上去，完整地露出五官。她的表情十分平静，唇角微微下垂，目光平静得让人头皮发麻。

高小幸不高兴。

小舒立刻发消息问高小幸：你在哪？

高小幸没回信，小舒便随手翻了她朋友圈。

高小幸的朋友圈是空的，她曾经的自拍照片，全删了。"啧，这妮儿真作。"小舒说。

也就是这时，高小幸发来了一个定位——整容医院。

小舒伸手跟严子龙要电动车钥匙，一边跟他挥手一边拨响了叶坦手机,说:"老叶,高小幸在整容医院!她跟我说我以后再也看不到她现在的脸了!这又搞什么幺蛾子呢?你还管不管了?"

叶坦没说话,沉默了好久。

小舒蹙眉停下了脚步,说:"老叶?说话。"

"高小幸的事儿你以后不用跟我说了,我俩分了。"叶坦的声音低沉,几乎听不见他说了什么。

"什么叫分了?你们之前不还跟我说好事将近,要大肆庆贺吗?"小舒吓了一跳,严重怀疑自己手机出了问题,一个劲儿看手机屏幕。

"是分了。我受够她了,我怕哪天一觉睡醒了,就不认识枕边的人了。"叶坦好像还在生气,偏偏气话也说得深情伤感,"小舒,叶坦爱的从来不是高小幸的脸。"

小舒愣了。到这会儿,她知道问题有点儿严重,挂断电话赶紧往整容医院跑。

叶坦和高小幸一直是一对金童玉女。

叶坦英俊帅气,开朗幽默,既能健身房撸铁,又能图书馆读书,提笔能写会画,张口能唱会说,一直是大学里叱咤风云的校草级人物,不知吸引了多少学姐学妹的爱慕目光。可整个大学校园,几乎没人不知道,叶坦再好,也是"别人家的男朋友",他眼里只有中文系的高才生高小幸。

但你要说高小幸多漂亮,其实也没有。在这个遍地"美女"的时代,容貌本身已经不能作为一项"特质"。高小幸的美或许就在于寻常。

"如同春日里最该盛开的花儿，开在了最该盛开的地方，风自来、花自香、蝶自舞，一切都刚刚好。高小幸，你就是我的刚刚好女孩。"

这是叶坦当初在情书中写给高小幸的，很准确。高小幸曾经就是这样一个温润鲜明，不扎眼，但让人看着很舒服的寻常女孩。

小舒跟叶坦是高中同学，俩人是铁哥们儿，跟高小幸是大学同学。两边儿她都近。她性格大大咧咧，做事却极有分寸，叶坦和高小幸在一起，没少了她添油加火。这两边牵手配对，她会心一笑、功成身退，深藏功与名，坚决不做打着兄弟名义耽误人谈恋爱的"汉子婊"。还是高小幸上赶着缠着小舒，俩人这才成了闺中密友。

叶坦也乐见如此。要是两人闹点儿小别扭，还有个"底细人"当和事佬！多好啊！小舒原想着，这俩人的谢媒大礼是怎么也逃不掉的，说什么也得好好坑他俩一锤子，没想到眼看着好事将近，煮熟的鸭子飞了！

这俩人分手了！

小舒赶到整容医院的时候，高小幸正垂头坐在走廊里。她紧紧握着一份"病例"。

"高小幸，你疯了！"小舒一把抢过高小幸手里的"病例"，只看了一眼就爆了："眼综合、隆鼻、瘦脸？高小幸你是不是疯了！你怎么不直接换个头！"

"我想变美一点儿，大家不都喜欢美女吗？"高小幸压低了声音。

"你还不够美吗？你是瞎的吗？你往大街上一站，别管男的女的，十个人九个回头看你！你瞎折腾什么？"

"可我要不化妆呢？我要不化妆我就是个丑八怪！眼睛不够大，鼻子不够挺，头上还有个疤……"

"天底下谁没一点儿瑕疵缺点？叶坦认识你的时候，你天天素面朝天，他不是照样爱你爱得死去活来的？"

"你能不能不要提叶坦！没有叶坦！已经没有叶坦了！"高小幸的眼泪一下子涌了出来。

小舒把到嘴边的一句"没有叶坦也是你自己作的"硬生生咽了回去，她吞了下口水，平息了下情绪，耐着性子举手投降，小声劝慰："小幸，在意你长相的，只有你自己！你看，我这圆脸小眼的大胖子，不是也活得很好吗？照你的标准，我是不是干脆别浪费社会资源了直接去死啊？可我一点儿都不觉得我丑，我觉得我活得可漂亮了！"

"我不是你，卓亚舒！你也不是我！我不需要你感同身受理解我，至少你支持我一下好不好？！"

"我怎么支持？高小幸，这世界上的美人不缺你一个，人造美人更不缺你一个！可是长成这样不完美的高小幸却只有你一个啊！"

高小幸愣了一瞬，倔强地看着小舒说："我知道我不冷静。我就是想要变美一点儿有什么错？我自己的脸，我自己挣的钱，我又不伤天害理我为什么不能整容？"高小幸有些崩溃。

整容医院的空调温度开得很低。

高小幸才看见小舒的衣服已经湿透了，脚边明晃晃的一摊雨水。她低头躲开了小舒的视线。

小舒气得不知道怎么办才好。她蹲下圆胖的身体，捏着高小幸的肩膀逼着她与自己对视，说："高小幸，你能在整容之前发个消息给我，不是你父母、叶坦，不是别的任何人，是我卓亚舒，我很高兴，我特别高兴、谢谢你信任我，但是……"

"没有但是！卓亚舒，我以为你是我最好的朋友，可你并不理解我。"

"对，我不会理解你，我就觉得你作！"

"我不是作！"高小幸大喊，"为什么你们一个个总要这样看我，我也很难过，很痛苦，叶坦不理解，你也不理解，我只是想好看一点儿，看起来好一点儿，不可以吗？"

"可以，当然可以！可是高小幸，人活着光为了一张脸好看吗？你告诉我，我怎么理解你？额手称庆把你送上手术台，然后和换了张脸的你继续做朋友？我可以，我接受！我问你，你怎么面对你父母？"

高小幸沉默了。

过了好久，小舒才又问高小幸："你想整容，是因为叶坦吗？"

"不是。"高小幸扭头落下泪来。

"叶坦爱的从来就不是你的容貌。"小舒停下来，想了一会儿，才慢慢说道。

"没有人不爱容貌。如果我是个丑八怪，他还能透过我丑陋的外表看见我有趣的灵魂吗？躺在水晶棺材里的白雪公主但凡丑一点儿，王子都不会吻下去。"高小幸咬牙切齿，"他不是看不到我有趣的灵魂，他只是不愿意接受我罢了。"

小舒无言以对，她伸手将病例塞进高小幸的背包，牵着高小幸的手腕将人拽起来。

"高小幸,我说服不了你。现在,请你答应我一件事。我有本书,请你认认真真把它看完,并参加我们的读书会。如果看完后你还想整容,我陪你来做咨询。"

高小幸一脸不信地看着小舒,小舒牵着她的手撒娇:"整容失败的例子你看得还少吗?我知道你想整容,我也知道你冲动了,知道你心里是害怕的,你再想想嘛,就冷静一周。就当是为了姐妹我。不要让我失去你,哪怕是失去你的脸。"

高小幸被小舒逗笑,转而抱着她大哭。

(二)

> 我们应该常常回顾与检视自己,自己过去的经历,自己的成功,是否只是以害怕被他人讨厌而换来的。若是如此,那你的人生,你的成功,不幸只代表你活在他人的期待中,你是为他人而活。

————岸风一郎,古贺史健《被讨厌的勇气》

小舒送给高小幸的书,叫《被讨厌的勇气》。

高小幸觉得这本书的名字很刺眼,怎么会有人想要被人讨厌呢?做一个被人讨厌的人需要什么勇气?

她将书扔进沙发里，也将自己狠狠地扔进沙发里，捏着手机发呆。

这个小房间里留下了太多叶坦的痕迹。他们相恋五年，彼此几乎已经渗透进对方的骨血中。如今，叶坦走了。这个空间冷寂得好像一摊死水。毫无温度，也毫无生气。

高小幸蜷缩在沙发角落里，抱膝愣了很久，侧目的瞬间她看见镜子里的自己，嘴唇苍白、双眼浮肿、两眼无神、头发凌乱——她有一瞬没认出来镜子里的人，下一秒才惊呼着跳起来去开化妆台的专业台灯，手忙脚乱地跑去洗脸，将水、精华、乳液什么的一层层地往脸上擦，然后火速回来，将化妆箱一层层打开，开始打底、化妆。

镜子里的女人越来越精致，眉目如画，唇红齿白，精致动人，也越来越不像高小幸。

"高小幸，你以前不化妆就很美。"

她忽然想起叶坦每次看她化妆都会这样说。起初高小幸还暗自庆幸，后来，她渐渐觉得不开心了。为什么不开心，她自己也说不清楚。

她还记得，她跟叶坦真正因为"爱美"这件事吵架，是从跟叶坦去参加高中同学会开始的。

为了这次聚会，高小幸老早就开始买各种化妆品、衣服、包包、鞋子，她甚至看了无数美妆教程，学习了无数彩妆画法，什么红茶妆、伪素颜……光妆容就研究了三天，只为了那天自己能光彩照人，艳压全场。

聚会那天，高小幸从下午两点开始化妆，化了卸，卸了化，可不知道为什么,她脑子里只有"无效化妆"四个字。该化的地方都化了,该用的化妆品也都用了,但是出来的效果却不尽人意,看起来"变化不大"。

高小幸怎么看怎么不满意。

叶坦劝她不用太在意,高小幸却总觉得那道伤疤的地方还得再处理下,腮红打得不均匀,口红色号不对,阴影打得太深了,鼻子的高光还有点儿弱,然后越修改,越觉得还不够好。

最终,叶坦没烦,高小幸自己烦了。她发脾气扔了刚买的气垫说:"忙了一下午,毫无效果!啥也不是!不去了不去了!"

叶坦满脸无奈地坐在一旁翻书,到底被高小幸这句"啥也不是"逗笑。他连化妆都搞不懂,更别提什么"无效化妆"了,他只觉得高小幸这一脸"小作精"的样子,实在好笑。

"高小幸,你已经很美了。那群兔崽子不值得你费这么大劲儿化妆,又不是走红毯,没必要。"眼看就要迟到了,叶坦第一百零一次安慰高小幸,"对于我来说,你不化妆的时候最美。"

高小幸悻悻地捡起气垫说:"你们直男眼里所谓的不化妆,实在太考验美妆技巧了,臣妾做不到。"

聚会时,叶坦和高小幸果然迟到了。

当然,这对金童玉女也果然惊艳全场。

酒过三巡,叶坦高中上铺的兄弟开玩笑:"早就听说班长找了一位纯天然美女,不化妆也美那种!哪像现在那些网红啊,一个个看着美若天仙,卸了妆能吓死人!"

高小幸扭头看了叶坦一眼。

"下回见嫂子,得让我们见见真容,清水出芙蓉,天然去雕饰，不能光便宜班长啊。你看，我们这些人，女朋友一个个都不是美女，还不会化妆！"

高小幸不高兴了，合着自己折腾半天还不如个素颜。她暗自扫了一眼在座的女士，将她们各自表情收在眼底。她笑着，端着酒杯站了起来，说："真不好意思，要比素颜，我哪能跟你们的女朋友比呢？你说得对，我不过就是化妆技术好一点儿，纯天然不化妆的才叫美女嘛，你们班长哪有这个福气，还找个纯天然美女？"

"这话说得，嫂子可不就是纯天然美女吗？"

"我化妆。"高小幸似笑非笑的，"又要女人精致又要女人美，还得要女人省钱纯素颜，其实还真挺难的。"高小幸干了杯中酒，"我先干为敬，还有点儿事，你们吃着，我先走了。"

她话说完，转身就走。

叶坦吓了一跳，连忙追出去，问："怎么了宝贝？"

"怎么了？叶坦，你说怎么了？"高小幸不高兴了，"你跟你兄弟们说什么了？合着我打扮得漂漂亮亮的，还给你丢面子了？我还得素颜?!"

叶坦有点儿蒙："我说啥了？说你美啊，你在我心里是最美啊。"

"你是不是早就看不上我化妆这个事儿了？我花你钱了？我说你怎么一个劲儿拦着不让我化妆呢，嫌我不是纯天然美女了？"高小幸甩下这么一句掉头就走。

"这都哪跟哪啊？他们开句玩笑你也当真。高小幸，你讲点儿道理好不好，我只是跟他们说我媳妇儿长得美，我夸我媳妇儿也不行？"

"你这是夸吗？你这是赤裸裸的讽刺！你讨厌我化妆，讽刺我不化妆不敢出门！对，我就是不化妆不出门！"高小幸看着叶坦，忽然觉得委屈，"我折腾这一大天，不都是为了你吗？我化妆怎么了？"

"你化妆没什么，你以前不化妆也很好！我实在不明白，你这一天天的到底在折腾什么！"叶坦也有点儿着急。

高小幸看着叶坦，一字一句地说："我以前不爱叶坦。"

叶坦并不明白这两者之间有什么关系，他只觉得，他渐渐失去了那个一切都刚刚好的高小幸。

现在的高小幸张扬、明艳、美丽，却陌生。

接下来的半个月里，高小幸和叶坦陷入冷战，电话不接，微信不回，叶坦的火气冒了又冒，有好几次都生气得想大声骂人。

但是没办法，他仍旧不舍得他的高小幸，不得不买花送礼物承认错误——承认了不知道为什么、怎么犯下的错误，承诺以后尊重高小幸的一切，俩人才和好。

事实上，那一次，高小幸也几次欲言又止。

她想说，其实我也不想化妆，我也不想这样在意自己的容貌，可我克服不了。

这些话，她没说出口。焦虑却如影随形，越演越烈。

高小幸是真的作。

高中校友会不久,高小幸和叶坦订婚的事儿就提上了议程。

订婚前，高小幸在网上团了个美容项目，准备美美地出席订婚宴。就在服务过程中，她被能说善辩的美容小妹一顿忽悠，一冲动划了三万元信用卡,买了一张美容年卡。但她忘记了,她的这张信用卡,是用叶坦的名字办的,消费记录会直接发给叶坦。

叶坦起初并没在意这事儿,以为小姑娘又给家里添置了什么"不得了"的东西,等他看清楚消费了什么,瞬间皱紧了眉头。

"你在哪?"叶坦电话打过去,语气一改平时的温柔。

"怎么了?"高小幸也没反应过来,听他语气不对,一时不知道怎么回话,下意识反问,"出什么事儿了?"

"你的信用卡,刚透支了三万,消费地点是美容院。"

高小幸愣了一瞬,随即说:"是我消费的,怎么了?"

"退掉!"叶坦毫不客气。

"为什么要退掉啊?"

"高小幸,爱美之心人皆有之,但不要过分。"

"我怎么过分了,我买张美容卡就过分了?"

"你透支信用卡!你要给自己小窝买个家具家电重新搞个装修,哪怕我们订婚结婚之后你不住那里了,我都没意见。但刷信用卡做美容,不行。第一,你还年轻。第二,人活着要脸面,但不是要一张漂亮的脸皮。"

高小幸被他这句话说急眼了,她承认叶坦说得对,但是她接受不了。她就是在意她这张脸皮,就是喜欢漂漂亮亮的被人注视,就是渴望优雅到老,不,是不要老。她红着眼,咬牙切齿地说:"我不,我就要这张漂亮的脸皮。"

"你永远有道理,永远坚持,你什么时候为别人想过?不是你贴黄瓜贴得过敏,做艾灸排毒烫出水泡的时候了?这些东西对身体有什么好？"叶坦急得团团转，他实在不理解高小幸。

"好不好不用你管！我觉得好就够了！我折腾的是我的脸！"

"不，你在折腾我的高小幸！我只喜欢当初那个刚刚好的高小幸，清水出芙蓉……"

叶坦话没说完，高小幸就打断了他："同学会那晚，你哥们那些话是你教的？是你故意让他们劝我不要化妆，素颜最好的？叶坦，你简直无耻！"

"是我无耻还是你作？天天护肤化妆就算了，还要往美容院这个无底洞里跳？"

"不就是化妆美容吗？叶坦你一个大男人天天盯着这点儿事，你无聊不无聊？你口口声声说你喜欢我、爱我，为什么现在只会嫌弃我？为什么现在我在你这里感觉不到幸福？"高小幸口不择言。

她没想到，那边的叶坦也十分冷静地回了她一句："真不幸，我也想问你。高小幸，为什么，现在我在你这里，感觉不到幸福？"

当晚，叶坦找小舒喝了个酩酊大醉。

"她当初多好，你看看她现在这个样子，人不人鬼不鬼，见天跟玩大变活人一样。"

"她漂漂亮亮的不好吗？你也有面子啊,多少人羡慕你呢。"小舒专心撸串，顺口劝慰叶坦。

"我一个大男人，靠女朋友漂亮的脸蛋讨人羡慕？我用不着。我只希望高小幸停下来想一想，看看她到底在做什么，她到底想要什么！我希望跟她一起共建家庭，希望两个人一起往前走，而不是只注意她的脸，把所有钱都贴在脸上。"

"透支信用卡做美容这事儿肯定是高小幸不对，她冲动了。但女孩子爱美，该尊重还是要尊重的。没几个女孩子不爱美的。"

叶坦不说话，一口气将大杯扎啤闷进去，红着眼说："凡事有度，我爱她，尊重她，但不能过分。高小幸过分了，太作了。"

小舒无言以对。

小舒也觉得高小幸透支三万块做美容，太作了。

高小幸将消费卡退掉了。但美容院毕竟不是自己家，不能由着她为所欲为，到底她还是留了一项价值五千的基础美容，其余款退回了信用卡里。

叶坦看着手机里退款的提醒短信，心疼极了，他把手里乱七八糟的工作一扔，直奔高小幸单位。

他捧着高小幸的脸，硬将人家漂亮的脸蛋儿挤出个小猪嘴，恶狠狠地问："高小幸，是不是我做得不够好，爱你不够多，才让你这么作？我哪里不好，你跟我说，我改！"

高小幸哭了，眼泪顺着脸颊落在叶坦手背上，她用力摇头，心酸得要命，却只是嘟着嘴，傻呵呵地说："我只是很爱你。"

叶坦很想告诉她，好的爱情是可以让人充满力量的，如果是因为"爱"让人退缩，让人不自信，那不如少爱一点儿。

但当时，这话叶坦也说不出口，他只能紧紧抱着高小幸，告诉她："我也爱你，你一直是我的刚刚好女孩。"

可惜，叶坦的"刚刚好女孩"还是耳根子太软。美容院的服务小妹一直劝她做医美，说："订婚是人生大事儿，做个小气泡清理下皮肤，打打水光针补补水，再用一支玻尿酸垫下鼻子，整个人马上就不一样了！关键是，这些小变化别人还看不出来，保证你素颜就美瞎别人的眼……"

高小幸心动了。叶坦不就是想要个"纯天然"素颜美女嘛。

但高小幸还没来得及打玻尿酸，就被叶坦抓了现行——他帮高小幸取东西的时候，看到了她的消费记录和预约单。叶坦瞬间就爆了："高小幸，你又作！"

高小幸慌了，说："谁许你看我东西？你这是侵犯我隐私！"

"你这么折腾自己，不爱惜自己，还跟我要隐私？再隐私下去，我下回见了你该不认识你了！"

"这有什么啊，我不过是想打个玻尿酸，三个月代谢完了就什么事儿都没了，我就是想做个漂亮的新娘子，叶坦……"高小幸自知理亏，鼓着腮帮子跟人撒娇。

"三个月？这三个月结束了你会继续要下个三个月！我不在乎你漂不漂亮，我只在乎你是不是我的高小幸！"叶坦火气上涌，气得脸都红了，他暴躁地打断高小幸，"我只想要我的高小幸，站在宿舍楼下，笑眯眯地看着我的高小幸，不声不响不张扬的高小幸，她永远温润，永远阳光，从来不扎眼。不像现在，天天因为脸上长个痘、起个斑就上蹿下跳，不会因为攒钱买护肤品不吃饭节食挨饿，不会因为要订婚了透支三万办什么美容卡，不会因为要结婚就去做什么医美……"

"可你怎么知道你以前看到的就是真实的高小幸？你怎么知道现在浓妆艳抹的人不是真实的高小幸？我高小幸什么时候

轮到你来下定义了?"高小幸撒娇无效,被叶坦这一连串话轰得头皮发麻。她也烦了,怒目而视,眼含热泪。

"你还记不记得,我给你写的第一封情书,我说,高小幸,你是我的刚刚好女孩。高小幸,你把她弄丢了!你现在不好,过犹不及!你懂吗?"

高小幸随手拎起沙发上的抱枕重重砸在叶坦身上,说:"我不是你的高小幸,我是我自己!如果我不是你想的那样刚刚好呢?我一直焦虑,一直想变美,一直怕别人说我丑,你知不知道?"

"谁会说你丑?在乎你容貌的只有你自己!"叶坦默默承受着高小幸的疯狂,他看高小幸的视线越来越平静。许久,他温柔地握住高小幸的手腕说,如果你不是我要的那个人了,而我刚好也给不了你想要的幸福,那我们分手吧。"

叶坦讲完这话,默默转身走了。

高小幸拎着手里的抱枕,甚至忘记了流泪。

她只是有点儿焦虑,她只是想让自己好看一点儿,她只是不想失去她深爱的叶坦,可她终于还是失去他了。

怪谁呢,是她自己作的。

（三）

> 决定我们自身的不是过去的经历，而是我们自己赋予经历的意义。

——岸见一郎，古贺史健《被讨厌的勇气》

高小幸其实并不想读那本《被讨厌的勇气》，书名就让她不喜欢。直到她偶然看到了一句话：决定我们自身的不是过去的经历。

她发消息问小舒：你给我的那本书，是本什么书？好看吗？

小舒的回复很快，也很专业：《被讨厌的勇气》很好看！绝对会让你受益匪浅！这本书是双作者对话体的，也就是说以两个人对话的形式探讨心理学的作品，比较好懂！作者之一的岸见一郎是位有名的哲学家，跟他对话的古贺史健，是一位擅长对话体裁的作家。这本书激励了无数人，感染了无数人，不仅是一本心理学著作，更是一本追寻人生幸福的哲学著作！奇书一本，你一定要看！

高小幸将小舒的话看了三遍，终于打开了那本《被讨厌的勇气》，她想知道：为什么决定我们自身的不是过去的经历？她心里就有一道愈合不了的伤，让她疼到如今，也作到如今。

高小幸的眼角有道伤疤。时日流转，那道疤已经不那么明显了，至少她平时化妆的时候，是看不出来的。

这道疤跟了高小幸很多年。她清楚地记得，那时她刚上初中，父母一天天不是冷战就是热战，家庭气氛压抑得让高小幸喘不过气来，偏偏妈妈又死犟着"为了她"不肯离婚。

她懒得留在家里看无聊的战争戏码，大晚上穿着拖鞋溜达出来。好巧不巧，被一辆逆行的自行车挂了一下，不小心摔在了马路边的路牙石上，磕破了眼角。伤口看起来不大，却足足缝了十二针。

妈妈赶到医院时脸都白了，一看见高小幸就抱着她哭，一边哭一边骂："你这孩子怎么这么不懂事！小姑娘家怎么能乱跑！这要出点儿事可怎么办！让妈妈怎么活啊！"

高爸被她哭得心烦，又顾及高小幸的情绪，拼命忍耐，一张脸都快变形，说："孩子这不是没事嘛，别哭了，吓着小幸。"

高妈妈的怒火随即冲他去了，说："怎么没事，什么叫没事？伤在脸上，万一留道疤，以后可怎么办？你们男人最在乎的不就是女人的脸吗？糟糠之妻都能说不要就不要，处了半辈子都能毫无情分！不就是看脸吗？"她骂了半天，又回头抱着高小幸哭，"可我女儿还小啊，万一毁容了，这辈子可怎么过啊，男人就没一个好东西，我的小幸可怎么办……"

高爸爸最见不得高妈妈哭天喊地的样，忍了半天没忍住，终于夺门而出，转身走人了。

高小幸心里凉得很，她不知道该怎么安慰妈妈，只觉得她哭得人头昏脑涨。至于她说的那些话，她一个字都不想听。

如今想起来，高小幸是能够理解母亲当时的心境的，她不过是怨恨父亲不忠,拿话来刺激他罢了。但是她忘记了,十几岁,伤了脸的高小幸不该成为她的工具。

她甚至想不起来,妈妈有多少次拿这件事骂爸爸:"要不是你,小幸会大半夜跑出去?要不是你,小幸能伤了脸?你看看你自己也该知道男人什么样了,你让我女儿将来怎么办……"

这些话听多了,高小幸开始下意识,且根深蒂固地觉得:我脸上有疤,我很丑,我不值得别人喜欢,再爱我的人也会离开。这些想法,是她最亲爱的妈妈传递给她,并经由她"厌弃了糟糠妻"的爸爸验证的真理。

高小幸还记得她出事后第一次照镜子的情景,她还记得那道弯弯曲曲的伤疤,像一条死去的细长的蚯蚓蛰伏在她的眼角!一动不动,虎视眈眈!

这么丑,真丑。

她甚至不记得她因此受了多少同龄人的恶意。

"高小幸,你这样子可真丑。"

"高小幸,你这么丑你爸妈知道吗?"

她根深蒂固地以为,她丑。

她也想不起来,她用了多大力气才隐藏了内心的惶恐不安、自卑怯懦,慢慢成长为一个看起来阳光快乐的女孩。

然后她遇到了叶坦,叶坦告诉她:"高小幸,你是我的刚刚好。"

是真的吗?又有什么用呢?爱情是有保鲜期的,婚姻是不可信任的,男人都是靠不住的,他们都是看脸的。

可高小幸爱叶坦。

高小幸意识到这件事的那晚，抱着手机号啕大哭。小舒吓坏了，大半夜跑去安慰高小幸。

"你不会了解我有多崩溃，我也不想折腾，我也不想作，可我控制不了，我必须要自己看起来很美才会觉得安全一点儿……"

小舒仿佛理解了高小幸，又仿佛不理解，说："高小幸，父母婚姻出问题，长得不够美的人不只你一个。我从小到大都是个胖子，从我三岁记事起，谁见了我谁说，这小胖墩得减肥啊，不然将来找不上婆家！因为胖，我也被人取笑，被人排挤过，可我不觉得有什么。我虽然胖，但我性格好，成绩虽然不拔尖儿，但我会画画、唱歌，他们不跟我玩儿，是他们的损失！我高中的时候爸妈也闹过矛盾，闹得差点儿要离婚，拉锯战一样天天缠着我征求我的意见，追在屁股上问我跟谁。我就告诉他们，你们自己的事情自己处理好，我爱跟谁是我的事。高小幸，决定你人生路的不是你经历了什么，是你对经历过的事，有什么样的态度。"

高小幸点头："道理我懂。"

"高小幸，受伤留疤不是你的错，你父母的婚姻问题也不是你的错。你有你自己的缘分，会遇到你的真命天子，会有自己的人生，过去经历了什么其实不重要，也没人会在乎。"

"可是妈妈给我的影响太深了，我克服不了内心的焦虑。我接受不了脸上任何一点儿瑕疵，我不敢照镜子，不敢看自己的眼睛，不敢看见那道伤疤……"

"我们给过去的经历赋予了什么样的意义，这直接决定了我们的生活。人生不是由别人赋予的，而是由自己选择的，是自己选择如何生活。"

"道理很对。可离婚姻越近，我就越害怕。我不想听别人说，你看叶坦怎么找了长得这么寻常的女朋友？我害怕有一天他会后悔。"

"他是后悔了，他后悔是因为你把最初的自己弄丢了！"

高小幸闭目坐在沙发上，一动不动。

"你还想整容吗？"小舒问她。

高小幸不说话。

"整容没用，问题出在你心里，不是脸上。"

高小幸点头，她刚刚哭过，额前散发被细细的汗打湿了，眼尾红透，一双眼晶亮晶亮的，有些脆弱的美感。

小舒心想：真可惜，她竟然不知道她有多美。小舒叹了口气，问高小幸："你准备怎么办？叶坦还爱你……"

高小幸哭了，说："我知道他还爱我，我也还爱他。只可惜，我亲手把爱情弄丢了，让我冷静一下吧。我一直渴望自己是优秀的，在别人眼里是完美的，我不能容忍自己有缺点，不能容忍脸上的疤痕，不能容忍自己失败，不能容忍失去……其实归根到底，我就是在拼命做别人眼中看起来很美看起来很好看起来很优秀的女孩，我就是没有被讨厌的勇气啊，所以我一直不快乐。"

"你现在无法体会到幸福，因为你不会爱自己。而且，为了能够爱自己，你希望'变成别人'。你之所以想要变成别人，就是因为你只一味关注着'被给予了什么'。事实上，你应该把注意力放在'如何利用被给予的东西'上。"高小舒翻开书，准确地找到了这句话。

高小幸慢慢垂下头去，说："你说得对，我再想想。你让我再想想。"

（四）

> 所谓自我接纳，就是不去关注"无法改变的"，而是去关注"可以改变的"。

——岸见一郎，古贺史健《被讨厌的勇气》

高小幸去看了心理医生。她开始学着接纳自己，学着放慢生活的步调，认真工作，好好生活，看书写字，也想念叶坦。

是的，她想念叶坦。

地铁上，高小幸又翻开了《被讨厌的勇气》。

"对人而言，最大的不幸就是不喜欢自己。"

"没必要把自己和别人相比较，只要自己不断前进就好了。健全的自卑感不是来自与别人的比较，而是来自与'理想中的自己'比较。价值在于不断超越自我。"

"所谓自我接纳，就是不去关注'无法改变的'，而是去关注'可以改变的'。"

"无论之前的人生发生过什么，都对今后的人生如何度过没有影响。决定自己人生的是活在'此时此刻'的自己。"

……

高小幸的书页里，夹满了摘抄的纸条。这些纸条，没有一个是出自高小幸的手。

她几乎每天都会收到一朵向日葵，每朵向日葵里都夹着这样一张纸条。她不大的家里不久就充满了明艳的花束。

高小幸知道，是叶坦。

他们没有再见过面，也没说过话，只有那些明艳的花朵，静静地绽放在阳光里，说着些欲说还休的故事。

花送了快一个月的时候，高小幸将手上这本看了无数遍的《被讨厌的勇气》寄给了叶坦，同书一起寄去的还有高小幸回写的纸条。

她说：我要回家了。

叶坦看到这句话时差点儿没吓疯，他跳起来就往外冲，分手后第一次给高小幸打电话。可高小幸的手机关机了。

叶坦接二连三地打电话跟领导请假，订机票，一股脑儿地这些事做完的时候，人已经快到机场了。

他坐在出租车上，情不自禁地弓着腰，额头紧紧抵着前排座椅，给高小舒发微信的手几乎都在颤抖，他想了无数句话，能说出口的却只有一句：高小幸，我爱你。在我眼里，什么样的你都是刚刚好。一辈子很长，我们慢慢来。

高小幸看到这条消息的时候，她家的门已经被敲响了。门外站着的是慌里慌张、狼狈不堪的叶坦。

高小幸有点儿意外，问："你怎么来了？"

叶坦二话没说，伸手紧紧抱住了高小幸，说："你可以离开济南，但你不能离开我。我跟你回家。"

高小幸哭笑不得，她轻拍着叶坦后背说："我回家探亲，我妈妈要开始新生活了。我怕你继续送花，家里没人……"

叶坦差点儿站不住，说："你吓死我了高小幸，你吓死我了。"

高小幸妈妈不知道两人分手了，他俩也乐得如此。晚饭的时候，高小幸妈妈隆重介绍了自己的男朋友老龚。她单身十余年了，是时候开始新生活了。那顿饭，宾主尽欢，叶坦陪着龚叔叔好好喝了两杯酒。

话不多的龚叔叔看着高小幸妈妈，说："等孩子们的事儿都定了，我们也去领个证。"

高小幸妈妈脸红了，说："一把年纪的人了，当着孩子面说这个。"

老龚挠了挠头，憨厚地笑着不说话。

那天晚上，高小幸忽然想通了：过去发生过什么都不重要，重要的是经历这些事的人是谁，这个人做出了什么样的处置和选择。

所有的路都不是被我们经历过的事被动推出来的，而是正在经历那件事的我们，主动选择，主动走出来的。

关于自己的人生，你能够做的就只有选择自己认为最好的道路。那就跟过去一笔勾销吧，简单、坚强地活在当下。一道伤疤而已，影响不了美貌；一段往事而已，耽搁不了人生。

她端着一杯小酒，站在妈妈小房子的阳台上，看着小城的灯火，忽然就笑了，她问："叶坦，一起走吗？"

叶坦一时没明白高小幸说的是明天一起返回济南，还是以后的人生路都一起走，但是他毫不犹豫地一口答应下来。他迫不及待地放下酒杯，单膝跪地，面红耳赤地从衬衣领口拖出一条银链子，手忙脚乱地把链子扯下来，取下了上面吊着的戒指。

"高小幸，以后的人生路，也请你跟我一起走，走到底。请你，从今天开始，信任我，依靠我，与我相互拥有，相互扶持，无论你是美是丑，是疾病还是健康，无论生活是好是坏，是富裕或贫穷，都彼此相爱、珍惜，死亡也无法将我们分开。"

他样子笨拙，红着脸，话音里带着细微的颤抖。但站在阳台上，背对着万家灯火的高小幸就是感动了。她微笑着伸出手去，轻轻递给叶坦，她说："我愿意。叶坦，我愿意。"

"你之所以不幸并不是因为过去或者环境，更不是因为能力不足，你只不过缺乏'勇气'，可以说是缺乏'获得幸福的勇气'。"

高小幸看着叶坦，想起《被讨厌的勇气》中的这段话，她想：从今以后，我们就是对方的勇气了。

当你老了

　　我们如果反思一生的经历，都是当时处境使然，不由自主。但是关键时刻，做主的还是自己。算命的把"命造"比作船，把"运途"比作河，船只能在河里走。但"命造"里，还有"命主"呢？如果船要搁浅或倾覆的时候，船里还有个"我"在做主，也可说是这人的个性做主。这就是所谓个性决定命运了。

　　　　　　　　——杨绛《走到人生边上》

（一）

> 了解自己，不是容易。头脑里的智力是很狡猾的，会找出种种歪理来支持自己的私欲……一个人如果能够看明自己是自欺欺人，就老实了，就不偏护自己了，这样才会认真修身。

————杨绛《走到人生边上》

老舍在《济南的秋天》中说："请你在秋天来。那城，那河，那古路，那山影，是终年给你预备着的。可是，加上济南的秋色，济南由古朴的画境转入静美的诗境中了。这个诗意秋光秋色是济南独有的。上帝把夏天的艺术赐给瑞士，把春天的赐给西湖，秋和冬的全赐给了济南。秋和冬是不好分开的，秋睡熟了一点便是冬，上帝不愿意把它忽然唤醒，所以做个整人情，连秋带冬全给了济南。"

由此可见，济南的秋天是美的，且美得不同寻常。

这样美好的季节，出游计划被提上了日程。最近，泉城路的新华书店也躁动起来。老的、小的，都在想方设法地约郊游，要怎么分组，去哪里打卡。南部山区的红叶、章丘的泉水、北边黄河的滩涂，都要去看一看。

这可好，只要大家伙儿一凑到一起，就要说出去玩儿，一说出去玩儿，就人人都成了行家，一个个讨论得兴高采烈、眉飞色舞，只有谭欣一直提不起精神，没精打采、沉默寡言的。

午餐时间，小舒和严子龙正在争论到底去哪儿看红叶，谭欣急匆匆地冲进休息室问："方经理呢？小舒你下班了吗？交完班没？下午有事吗？帮我盯一下收银台行吗？我得先走一会儿……哦，那什么，我给方经理打电话……"

"啊？"小舒迷迷糊糊地站起来，"帮你盯班吗？这是怎么了？你别慌啊。"

"我倒是不想慌，我爸这都进派出所了！"

"啊？"这下连严子龙也站了起来。

谭欣打通了方林的电话，一边请假一边着急忙慌地往外走。

小舒跟着她往外走，准备去收银台盯班，还嘱咐着："谭姐，你慢点儿，路上别着急啊。"

谭欣怎么能不急呢？

大秋天的，冲进派出所时，谭欣后背都湿透了。

"同志、同志，怎么回事儿？有事儿您跟我说，我是谭国峰的闺女，我叫谭欣。"

"谭女士,你好。"办案民警也看出了谭欣的焦急,"您别急,先坐下,咱们慢慢说。"

"慢慢说什么啊,欣子啊,你可得管管你爸!不像话!咱们邻里邻居地住了这么多年,勺子总会碰锅沿儿,牙齿还有咬舌头的时候呢,小小不然的事儿,咱说过去就算了,万没有闹到这一步的,你问问你爸今儿干的这事儿!"说话的是二楼的刘大爷。

谭欣的屁股还没挨着椅子,立刻站起来给人道歉:"刘大爷,您千万别生气,咱有事儿好好说,我这不是来了,我爸有啥做得不对的,我给您道歉。咱好好说。"

"甭道歉!凭啥道歉?"谭欣话音没落,老谭急眼了,他抬手一挥,霸气十足地说,"我就没啥不对的!我买了个磁疗床垫子,我用着好,好心跟他们分享,好让大家伙儿一起健康长寿。他们倒好,一群人都冲我来了,简直就是狗咬吕洞宾,跟我要害他们似的!我又不拿提成不收礼的,不都是为着大家好嘛!"

"你那床垫子能不好吗?好几万呢!要我躺上头都睡不着觉!"刘大爷说。楼上王大娘也不乐意了,说:"你自己上当受骗还不行,还忽悠我们!老谭,你可是有文化的人,不能干这缺德事!"

刘大爷紧跟着接上话茬,义愤填膺地说:"就是啊,老谭你说这话我们都不爱听!照你这么说,我们不也是为了你好?你看短视频就看,天天买那些花里胡哨的东西,花五六万买个什么床垫子,躺上头睡一觉就能治百病?什么颈椎腰椎心脏病,什么失眠痛风高血压……这话能信?有这个钱,你干点儿啥不好？孩子挣点儿钱容易吗？我们好心劝你，你还冲我们来了！"

老谭急了，说："你那是劝吗？你那是诽谤！我就觉得管用！我不失眠！精神好！我花我自己的钱天经地义！我这是健康投资！"

一直沉默的李叔也开了腔："你的事儿，你愿咋样就咋样，你有钱你扔了打水漂听响声，点了看火苗，我都管不着，但你不能忽悠别人跟着你买！你那是诈骗！"

"你们……"老谭一下站起来，一句话没说完，抬手捂着胸口"哎哟哎哟"叫着，又坐下了，吓得谭欣泪都出来了。

110 的事儿还没处理完，这又换 120 了。

病房里，谭欣气得脸都白了。

老谭一看谭欣的脸色，觍着脸拽了拽她，说："欣欣，别害怕，爸好着呢，就是吓唬吓唬他们，让他们诽谤我！"

"医生都说了，你心律不齐！"

"谁心率齐？滴答滴答齐的那是闹钟，到点儿它还吱吱叫呢。"

谭欣被老谭气笑了，说："爸，保健品这个坑，咱就别跳了吧？短视频上那些带货广告不能全信。"

"可人家都说好啊，那多么短视频都说管事儿啊，好多名人也说好呢。"

"那能信吗爸！那不就是上嘴皮碰下嘴皮的一句话吗？你忘了上次买的那西瓜，西瓜皮比瓤儿都厚实。"

老谭挣钱不容易，平时舍不得吃、舍不得喝，就是在买保健品这事儿上毫无抵抗力。

谭欣其实知道老谭买床垫这个事儿，她也劝过，最后好赖没拦住，还是被人忽悠着买了！因为安装床垫上楼搬东西挪道的事儿，老谭已经跟跟邻居们闹过一次矛盾了。谁承想，这还是连续剧，矛盾还升级了。

照顾老谭，兼顾给邻居们赔礼道歉，这些杂七杂八的事儿，谭欣忙了三天。说起老谭这个"保健品迷"，左邻右舍都颇有微词，不明白他一个有知识、有文化的中专生，还是当老师的，怎么就能轻信了这些短视频，就一兜兜地买那些保健品呢？

"不怕他花钱，怕他吃坏了身体！"邻居们说，又纷纷给谭欣支招。有建议她报警的，有建议她找工商行政管理局的，也有建议她打12345市民热线的——谭欣十分感激，但仍旧没有办法。特别是这个花五六万买来的"保健床垫"，连锁店开得到处是，手续齐全、套话严谨，你说他骗人了，人家句句大实话，你说他没骗人，他句句话都是坑，说白了就是个"愿者上钩"。

谭欣真怕老谭这个折腾法把身体搞垮了，万一有个好歹，这可怎么办？她怎么能任由父亲胡闹！可她说破了嘴皮，老谭就是不听。他坚信他买的保健品有用！床垫有用、艾灸仪有用、按摩椅也有用。

谭欣气得不行，说："有用！有用！你买的什么都好、都有用！就你那个艾灸仪，腰上烫起了茶碗大的三个泡！去医院挂了一星期的药水，差点儿住院植皮！"

老谭反驳："那是我刚买来不会用！"

"二大妈推荐你从那个小视频软件上买保健药，她自己说降血压，结果她血压没降下来，还得了药物性肝炎，现在天天跑医院！"

老谭狡辩："这能怪人家药不好吗？那是她肝不好！"

"那这回呢?一个人说您不信,咱全楼的人都说您买那床垫上当了,您怎么也不信,还跟人打到派出所?"

"那是他们的消费觉悟跟不上,不懂得健康投资,我唯一的错就是不该这么相信他们,夏虫不可语冰!我跟他们就不是一类人!"

谭欣吵不过老谭,气得举手投降,说:"我看您不该姓谭,您该姓常,叫常有理!"

老谭也生气了,嫌谭欣不把他当长辈,说:"有你这样当闺女的吗,你怎么胳膊肘子往外拐?你就是嫌我花钱是吧?谭欣,我是为了我自己吗?我这一把年纪了我怕死吗?我是怕我老了、病了、倒下了,给你添麻烦!"

谭欣也委屈得要命,说:"我是怕您伤身体!"

"你是怕给我养老,怕我拖累你!你放心,我老了、倒下了,我自己住养老院!我最近关注了个项目,你不知道有多好,我就不用你操心!"

"爸,你少折腾了行不行?"谭欣真是冤死了,气得直掉眼泪。老谭倒好,直接把她赶出去了。

也不知道从什么时候开始,爷俩越来越说不到一块去,一见面就吵。

这一通折腾下来,已经快十点了。谭欣从父亲家出来,又上隔壁小区老管那儿接安安。老管是新华书店维修科的科长,跟谭欣家住得很近。有时候谭欣遇到什么事儿,安安就自己来新华书店,老管帮她把孩子带回来,也帮了她不少忙。

谭欣想着今天跟老谭争论的那些话,越想越委屈,走一路哭一路，眼泪就没断过。她知道两个人都是话赶话，说出了伤人的内容，但她还是忍不住想：要是妈妈还在，她一定不会过得这么难。

老管把安安送下来时，安安已经困得睁不开眼，靠在谭欣身上东倒西歪地站不住脚。老管就笑，说："刚说让你在我那儿睡，说不困，下楼看见妈妈就睁不开眼了？你妈妈是安眠药啊？"

谭欣笑了，想抱起安安。老管干脆一猫腰把安安背了起来，说："我送你们娘俩回去。"

谭欣不好意思，却也实在没法拒绝，一低头，眼泪差点儿又掉下来。老管也不多话，就把娘俩送到家，交代说孩子今晚上吃了烧烤，明天要多吃水果多喝水，省得上火，又说有啥事还让安安跟着他。

谭欣点点头，不好意思地笑了。安安挺喜欢这个动手能力极强的"管伯伯"，见天不是缠着严子龙讲故事就是缠着管伯伯做手工。

那天夜里，谭欣半宿没睡着。

买保养品就像一个无底洞，产品没完没了，手段层出不穷。从最初门店听课送鸡蛋、出去旅游不要钱、上门服务帮打扫，到后来电视、广播直销，再到现在短视频带货，老谭是"次次都上当，当当不一样"！

谭欣是爱父亲的。读初中的时候，谭欣的母亲就因病去世了。父亲怕委屈她，一直没另娶，又当爹又当妈地把谭欣拉扯大，爷俩感情是真的好。

谭欣不反对父亲另娶，她希望父亲能有一个幸福的晚年。

可他们理想中的"晚年生活"一直没有来,父亲一直在等,等谭欣长大、等谭欣考上大学、等谭欣参加工作、等谭欣嫁人生子、等谭欣买房买车……眼看着谭欣的孩子也渐渐长大了,一切都安顿下来了,谭欣又离婚了……

(二)

> 我站在人生边上,向后看,是要探索人生的价值。人活一辈子,锻炼了一辈子,总会有或多或少的成绩。能有成绩,就是不虚生此世了。向前看呢,再往前去就离开人世了。灵魂既然不死,就和灵魂自称的"我",还在一处呢。

——杨绛《走到人生边上》

那天之后,谭欣有些日子没见着老谭。

赶上书城业务拓展、四楼装修,谭欣连着加了半月班,只能给老爷子打打电话、发发微信。谭欣实在是怕了,转弯抹角地提醒老谭:"少看视频多下棋!"

等着装修的事儿上了正轨,谭欣特意跟小舒调了个班儿,大兜小包地拎着蔬菜、水果、鸡鸭鱼肉往父亲那儿跑。刚进小区,就看见楼下围了一圈人。

"怎么了这是？"

谭欣话音未落，就被王大妈一把拉住了胳膊，说："欣子，欣子，你爸……"

谭欣一脸茫然，等她顺着王大妈的视线抬头一看，心一下子提到了嗓子眼，手里东西掉在地上，她的腿都软了——楼顶上有人，那人，是老谭！

"爸，你这是干什么啊！"谭欣刚喊出声就被王大妈死死地捂住了嘴，她的眼泪哗哗往下掉，跟下大雨似的。她从没这么慌乱过，从没这么哭过。

王大妈用力搀着谭欣的手臂，陪着她掉眼泪，说："欣子，别哭，你要连哭带叫的，你爸才真乱了……"

谭欣硬生生地把哭声憋了回去，她明知故问，又生怕听着答案："我爸，我爸这是咋了，他爬那么高干啥……"

王大妈抹了把泪，说："不知道，你刘大爷已经报警了，正在你家找你的联系方式呢……说家里有封遗书，就说对不起你，其他的啥也没写，哎，欣子，你得稳住，你上去劝劝你爸。"

谭欣都不知道自己怎么上的楼。她腿软得像面条，两手拼命抓着栏杆，跌跌撞撞、连走带爬地把自己往楼顶拽。可到了顶层，真要开门的时候，她却死活不敢伸手了。她害怕，怕她父亲在她眼前有个三长两短。

谭欣匍匐在楼梯口压抑着痛哭。好半天，她才抖着手给方林打电话，让方林帮她把安安接到书店，找她前夫来接孩子。又发了微信，说了家里指纹锁、银行卡密码……方林听着她这交代遗言似的话，吓出一身冷汗。谭欣做了最坏的打算，要是救不下父亲，她大概也活不下去了。

就这会儿,谭欣的手机响了。她立刻接通了。

是老管。

老管的声音低沉稳重,他说:"谭欣,你别哭,听我的!现在,你跟着我的节奏深呼吸,调整情绪。到顶楼,你就装没事人,跟他聊天,拖住他!欣子,你记住,只要你不垮,你爹就没事!"

老管这一声欣子,让谭欣的眼泪又掉下来,她说:"好,我听你的。"

"行,深呼吸,数十个数,等着我们。"

"爸,你这干啥呢,怎么跑这里来了?"谭欣努力调整情绪,她觉得她脸上的笑容像个水泥面具一样巴在脸上,僵硬又刻板。

"欣欣,爸没用,爸对不起你……"老谭一看见谭欣就激动起来,"你别过来,别过来!"

"我不过去。爸,快到接安安的点了,咱接孩子去啊?安安今早上说想吃姥爷做的红烧排骨呢,我小肋排都买来了,打早市上买的,又便宜又新鲜。"

"你走!你走!爸没脸见你了,没脸见我的安安……"老谭用力地摇着头,他站在顶楼边上,仿佛一阵风就能把他吹下去。随着他激动地说话,每次一晃荡、一动弹,谭欣就觉得自己要跟着死一遭。她想哭,想号啕大哭,可不行,她得稳着,只能拼命地让自己深呼吸。

"爸,爸,你先过来,咱爷俩有啥对住对不住的,都不是事儿。你有什么事儿就跟我说……"谭欣还是没忍住,她的眼泪不住地往下掉,捂着嘴不敢哭出声。

"欣欣,爸对不起你,爸该早听你的话……爸不拖累你了,不拖累你了,行吧。爸放过你,你也放过爸,行吧……"

"爸——"

谭欣刚要往前冲,忽然被人一把抱住,她回头一看,是老管。谭欣的泪猝然坠落。

老管跟她比了个 ok 的手势,半抱着她跟老爷子打招呼,说:"老爷子,您这干啥呢?快来,咱爷俩喝一杯啊。我买了好下水呢。"

"你谁?"老谭一脸紧张。

"我是老管,管仲杰。"老管笑了,他伸手给谭欣擦泪,趁机给谭欣打眼色。他转过头,跟老谭打招呼:"爸,我俩正准备跟您说好事儿呢,您老倒是好兴致,选了这么个好地方。"

"啥?"这下,别说老谭愣了,谭欣都愣了。

"爸,我这么叫您一声没事儿吧?咱提前叫一声呗,您也高兴高兴。虽说我没工作,家里还有两个没娶媳妇的儿子,有个瘫痪在床的老娘,没房也没车,可欣欣有啊,爸,我觉得我能娶欣欣您肯定特高兴,对吧。"

"欣欣,他说的是真的?"老谭气得脸都红了,"他多大了,你俩啥时候认识的?"

谭欣不敢说话。

老管又贱兮兮地搭话:"爸,咱爷俩喝一杯啊,我还有好消息跟您说呢。"

"啥?"

"爸,您喜欢安安吧……"

"你想干啥?"老谭脸色登时变了,恨不得冲上去咬死老管,就在他从栏杆上下来时,埋伏在一旁的警察一个箭步冲上去紧紧抱住了老谭,老谭不服气,还挣扎着往前扑,"老兔崽子!我告诉你,你敢欺负我欣欣,老头子跟你拼命!"

谭欣扑过来,抱住老谭号啕大哭,说:"爸,你吓死我了!"

"谭叔,走,咱先回家。回家慢慢说。"老管也赶紧跟过去,伸手架住老谭。老谭劈手给了老管一巴掌,说:"老兔崽子,你敢坑我欣欣!"

谭欣看着老管,又看看老谭,又哭又笑地抹眼泪。老谭这才反应过来自己又被骗了,他捂着心口,险些晕过去。

谭欣吓坏了,忍不住大声喊起来:"爸,爸,我们赶紧去医院!"

"不,不,我不去医院!"

听到"医院"两字,老谭忽然捂着脸大声呜咽起来。老泪纵横,成串的眼泪砸在谭欣手背上。

就这会儿,方经理、老贾都跑了过来,大家好不容易才把老谭送回了家。

到这会儿,大家伙儿才知道,老谭又被人骗了。

他通过短视频软件看到了一家全国连锁的老年公寓,没经住他们的忽悠,预订了床位,花了十八万。

老谭这笔钱攒得并不容易,但付款时,他却怀着满满的憧憬:养老院投资可养老,还有不少利息,他满心想着能住进整洁干净的房间,能自给自足,不给政府和孩子添麻烦——为此,他还拉上了好朋友老钱。

可就是这么简单的一个愿望,也被现实击得粉碎。

老年公寓出事了，所谓的预订根本就是个骗局：负责人被抓了，钱要不回来了，老人们的多年积蓄化为乌有。

"那是我养老的棺材本啊，整整十八万啊，那可是我一辈子攒下来的钱，被那帮害人精骗了个一干二净……老钱家也乱成一锅粥了，和几个孩子脑袋都要打破了，他总共六万多块钱，全投进去了，我不听你的劝，赔了钱，害了人，我还有啥脸活着啊，老钱他现在还在医院躺着呢……他今早上还给我打电话，说给孩子带来这么大的麻烦，没脸活了！欣啊，爸没脸活了，爸对不起你钱叔，更对不起你啊。"

"爸，你上啥养老院？你有我啊，我养你啊！钱叔的钱，我给他补，算我的！"

"欣欣，你一个人，还带着孩子，你哪来的钱……"

"就是，谭叔，咱一大家子人呢，啥事儿都能解决。"方林给老谭端了热水来。

就这会儿，老管开口了："叔，钱没了，可以再挣，只要你身体好好的，不比什么都强？欣欣有你，心里才安稳啊！钱叔那边，钱从我这儿拿，等谭欣啥时候方便了，啥时候给我，我单身汉一条，不缺钱花。"

大家的视线都转到了老管身上，老管一愣，倏忽红了脸。

他抬头看了谭欣一眼，谭欣一愣，也红了脸。

（三）

> 人有优良的品质，又有许多劣根性杂糅在一起，好比一块顽铁得在火里烧，水里淬，一而再，再而三，又烧又淬，再加千锤百炼，才能把顽铁炼成可铸宝剑的钢材。

——杨绛《走到人生边上》

老谭大病了一场，谭欣干脆带着孩子搬回来住了。

钱叔已经出院了，谭欣凑了六万块钱给他，他没要。好说歹说，收了三万，还非得打个借条，说就周转下，倒倒手。

老年公寓的案子派出所已经立案了，一切都在向好的方向发展。

老谭表面上看着与往日无异，但只要没人注意，他就老一个人发呆。他静静坐在那里的时候，身形总是略有些佝偻的，头微微地低着。谭欣忽然发现，父亲老了，在一夜之间仓促老了。

谭欣理解父亲，他舍不得那十八万，也没法面对街坊邻居们的议论指点。一把年纪的人了，还是个知识分子，轻而易举就让人骗了十八万，还闹自杀。

这样的闲话，老谭担不住。

其实，谭欣也很难受。她也不明白，曾经那样沉着温和的人，那样一个什么都有办法的人，怎么就忽然老了？

于是，谭欣也老走神。

方林觉得自己应该跟谭欣谈谈，却不知道要谈什么。事实上，她最近在父母养老的问题上，也遇到了一件让她触动颇深的事。方林偶然发现，她七十五岁的母亲，竟然在用成人纸尿裤！

母亲却淡淡地跟她说，早在一年前自己就开始用这东西了，小区里好多比她年轻的都用。方林后来才知道，为了避免"成人纸尿裤"带来的尴尬，她们会心照不宣地将之称为"小尿裤"。

母亲仿佛在安慰方林，又仿佛在安慰自己，她说："妈老了，谁都有老的一天，没事儿。"

方林也曾以为没事儿。然而，时间越长，她越觉得难受。母亲瞒了她一年。她能理解母亲瞒着儿子、儿媳，可她是母亲的小女儿啊，为什么要连她都瞒着？方林甚至为此有些生气。

她很难想象母亲是怎样独自面对这个令人尴尬的问题的，一个人反复地洗澡、洗内衣、洗床单、洗被罩……一直到不得不接受"小尿裤"，不得不接受老了的事实。她的母亲一辈子体面、要强。想到这，方林才气消。

所以，此时此刻，她能理解谭欣面对父亲老去时的那种无奈。

方林并没有在上班时间在办公室约见谭欣，反而是下班后请她喝了杯咖啡。她想：以两个女儿的身份聊这个话题，要比以书店的领导和员工身份更方便一些。

谭欣说："她最近一直觉得，她跟父亲各自被一个硕大的玻璃罩罩住了,他们看得见彼此,却无法触摸到对方的心,只能干着急。

谭欣缩在沙发里,一脸无奈,说:"其实,后来我查了很多资料,发现被养老机构骗的老人特别多。有个老太太,接了个电话,转身进了卫生间就没出来。她的丈夫和孩子整理遗物时才发现,交给她保管的钱全变成一堆合同和票据,她的存折上只剩下几块钱。老太太是被一家养老机构骗了。"

方林沉默了一会儿,说:"谈起养老,老人焦虑,我们也焦虑。"

方林问谭欣:"你有没有想过,老人的钱为什么这么好骗?为什么这么多老人会在保健品、养老院这个坑里摔跟头?"

谭欣摇头。

方林叹了口气,说:"去年,我妈身体出了点儿小状况,却一直瞒着没跟我说。我这几天也一直在想这个事儿,她为什么要瞒着她亲生女儿?后来我就想起咱们以前特爱说的一个词,安全感。这个词,小时候咱们对父母说,谈恋爱时对恋人说,结婚后对丈夫说,一直说到我们足够成熟、肩上的担子足够重了,也不在乎了,不说了。我忽然在想,爸妈怕老却不愿面对,病了却不敢说,其实也是缺乏安全感吧?他们之所以那么怕拖累我们,是因为没那么信任我们吧?我们嗷嗷待哺的时候,他们从不觉得我们是拖累不是吗?"

谭欣点头说:"是啊,一个走向收获,一个走向迟暮,的确是没有安全感。说到底,还是我做得不好。"

"所以,我一直在考虑,是不是我们做儿女的没有做到真正关心父母,让他们误以为,我们有自己的生活了,不需要他们了。他们年纪大了,已经成了我们的负担了。"

"我爸这里,可能是因为我不够强大吧。他不仅不敢依靠我,他还不敢老,他怕有一天我需要他支持的时候,他撑不住,所以,他拼命保养,拼命不老。可当他发现,他无论如何抗衡不了时间,他还是会老去时,他就又开始想方设法地减轻我的负担,所以轻而易举地从一个坑,跳进了另一个坑里……"谭欣说。

"那你说,咱该咋办?"方林低声询问,"你说,他们现在最想要的是什么?"

跟谭欣聊完后,方林又打起了精神,她决定在书店搞个长期的主题活动,就叫:晚照行动。

"咱们有资源、有场地、有条件,完全可以打造一个以新华书店为中心的晚照行动小组。不是我们去照亮老年人,而是让他们来照亮我们!"

"经理这个主意不错,让老人来照亮我们,让他们老有所为,老有所乐,他们的生活会更充实!"老贾第一个举手赞同。

"不仅如此,咱们还得让老人贴紧年轻人的生活,了解年轻人的状态,打破沟通的次元壁,更好地与年轻人沟通。"方林信心满满地拍着手,"每个部门都行动起来,提个部门方案出来,我们要让晚照行动,形成像游学、读书会、名师讲堂一样的品牌活动,当然,晚照行动可以结合现有品牌活动开展,我不限制大家的思路!我们争取重阳节开第一期,一炮打响!"

会议一结束,谭欣就给老谭打电话去了,说:"爸,可不得了了,你这回说啥也得帮帮我!"

老谭被吓了一跳，忙问："咋了？"

"我们书店要搞个活动，这不是快重阳节了嘛，经理让邀请六十岁以上的老人来书店做活动，给我们送温暖！"

"难道不应该是书店给老年人送温暖吗？"

"爸，那一桶油十斤面的算什么温暖啊，老人们一辈子的经验才是真正的财富啊，要是这笔财富能够被发掘出来，对我们来说才是真正的温暖啊！"

谭欣这话说得让老谭笑起来，他有日子没这么开心了。方林听着谭欣打电话，不由得给她竖了个大拇指，谭欣也立刻回她一个，两人心照不宣，都笑起来。

老谭却不是那么好搞定的。

他是真不愿见人，而且他有什么本事？他不过是个中专生，教了一辈子书，养大了一个女儿，老了做了一堆蠢事。

"爸，你字写得好，象棋下得好，厨艺好，还会唱咱家乡的五音戏。"说到这，谭欣猛地拍巴掌，"爸，五音戏还是国家级非物质文化遗产呢，爸，您去给我们讲讲五音戏吧！咱们直接开名师大讲堂，咱山东的传统文化，大人、孩子都喜欢！"

"胡闹，我又不是什么名师大家，我讲个啥？这不上赶着丢人嘛。"老谭懒得理谭欣，挂断电话，转身进了厨房。

谭欣首战失败，却不想放弃。

晚照行动搞得很热闹，是以文房四宝组为中心，做了个老幼互动活动，老人们现场写对联、做灯笼、插菊花、画菊花，还参与了孩子们的绘本课，没什么很专业的行家大腕儿，就是图个热闹。孩子们意犹未尽，一个个都想知道到底什么是"重阳糕"。

谭欣就又拿起了手机，去求老谭救场，谁让他现在是个面点师呢。

谭欣将老谭接到书店时，孩子们听说"重阳糕爷爷"来了，高兴得一个劲儿地拍巴掌，那气氛热烈的，只差没列队欢迎了。

老谭带来了蒸好的重阳糕，现场展示了几种重阳糕的做法，详细解说了出处与历史典故，"篝火鸣机夜作忙，依然风雨古重阳，织工一饮登高酒，蒸出枣糕满店香。这说的就是用红枣和茱萸等作为重阳糕的点缀。就是咱们现在看到的这种……"

老谭的重阳糕受到了孩子们的热烈欢迎，他们不仅吃到了好吃的，还长了见识，几位家长拍了短视频上传到软件上，老谭地地道道的济南话、精巧的技术和风趣的讲解受到了观众的喜爱。

"爸，您可真厉害，救场如救火，您帮了我大忙了！"老谭欣慰一笑，伸手拍了拍谭欣的手臂。

（四）

> 我生来是好人，没本事做恶人，吃亏就吃亏吧。尽量做些能做的事，就算没有白活了。

——杨绛《走到人生边上》

"晚照行动"慢慢开展起来，活动搞得不大，就是细水长流、润物无声，有时是老人们之间对各自的书法绘画作品赏析，有时是围棋、象棋比赛，有时是老人们参加名师讲堂或者书店志愿者活动，有时是老人们带着孩子们一起做手工、讲故事……总之，这个"行动"的生命力渐渐焕发出来了。

谭欣又忙起来了，老谭主动承担了接送安安上下学的任务。后来，有一天，老谭问谭欣："你会剪那种短视频不？"

谭欣这才发现，老谭自己开了个短视频号，更新着做面点和简单的家常菜的过程，虽然他视频做得简陋，几个视频的关注度倒还真不错。谭欣开心得很，立刻打电话给严子龙，给老爷子请了位"小老师"。

在严子龙的指导下，新的短视频作品反响果然不错。严子龙给谭叔制作了统一的视频开头，教了他很多技巧，支持谭叔用方言解说，不搞花里胡哨，怎么日常怎么来，怎么开心怎么来。还别说，虽说老爷子更新不快，粉丝长得倒是不慢。

后来，有一期的晚照行动，严子龙邀请老谭合作，一起讲了期《红楼梦》里的面点，为了这节课，两人忙活了一个多月。真到讲课的时候，现场爆满，掌声雷动，就连网上直播的观看量都十分可观。

老谭渐渐不吃保健品了，不再迷信这个了。他又开始了自得其乐的生活。

"吃啥保健品啊，不吃了！平心静气，健康是福！"

骗子还没抓住，但老谭相信，法网恢恢，疏而不漏，正义肯定不会迟到。至于如何养老,他也不焦虑了,车到山前必有路,没路就等闺女给他开路,不怕了。

小年那天,老管来谭家吃了顿饭。

老谭挺高兴,亲自下厨做了几个硬菜,两人已经从"爷俩好"喝到"哥俩好"了。

老管喝得脸通红,话都比平时多起来。他说:"小谭,你觉不觉得,在父母面前,咱们一下子就能回到小时候。不过,等咱们足够成熟了,父母老了,咱们和父母的身份就互换了。咱们成了那个要保护他们的,他们成了那个要被我们认可的。"

谭欣看着老管笑了。是啊,老管看着大大咧咧的,心却挺细。

从什么时候开始,她正和父亲也正悄然进行着身份和位置的调换呢?那个小时候保护她、照顾她、小心翼翼地维护她、为她收拾烂摊子的父亲,渐渐变得胆小、絮叨、固执,需要她去保护、照顾、小心翼翼地维护,并为他收拾烂摊子。

谭欣忽然想起济南作家云亮先生的诗:

> 我突然想给父亲做一回父亲
> 给他买最好的玩具
> 天天做好饭好菜叫他吃
> 供他上学,一直念到国外
> 如果有人欺负他
> 我才不管三七二十一
> 非撸起袖子
> 揍狗日的一顿

期　待

THE BOOK THE BOOKSTORE

我们终此一生，就是要摆脱他人的期待，找到真正的自己。

——伍绮诗《无声告白》

(一)

> 与你交谈的人,更关心他们自己、他们的期望和问题,而不是你和你的问题。

——伍绮诗《无声告白》

周一,盛夏,午后。

艳阳几乎要将泉城路烤化了,明晃晃的日头高悬,知了没完没了地叫着,人们行色匆匆,几乎每个人脸上都写着焦灼。

泉城路新华书店内却一片静好,寥寥几位读者分散在书吧、畅销书区翻着书册。

小舒刚跟师父老贾交完班。她不着急走,正窝在书架旁,吃老贾给她做的红糖糍粑,跟老贾交流上午的上班心得。

小舒不是济南人。她家在花开富贵的牡丹之乡菏泽,自个儿也长了个花开富贵胖乎乎的可爱样。她二十四岁,单身,时间自由,下了班也没事儿,常常在书店"加班加点"。

"你带回家吃吧,别让方经理看见。"

"闷了就不好吃了。"小舒爱笑,一笑,俩眼就看不见了。她背靠着电脑桌坐在地上的书箱上,"我坐在这儿不就得了,别人瞅不见。贾妈,您帮我盯着方老虎点儿。然后,您赶紧看看上午的入库数据,看看新系统能整明白不。"

老贾是个好脾气的。他个儿不高,方堂脸,面善,不笑不说话,对待这外地来的大胖徒弟跟亲闺女似的,对她这"真妈""假妈"的称呼也见怪不怪。他低头看了眼狼吞虎咽的小舒,打开电脑继续研究书店新安装的管理系统。

就这会儿,只听着咣的一声响,一沓书猛地砸到老贾面前,书册四散,七零八落地掉了一地。

桌下的小舒遭了无妄之灾。脑袋瓜子像木鱼一样被连着砸了三四下,她捂着脑袋爬起来问:"贾妈,咋了?"

"你们经理呢?我倒要问问你们经理,你们这是正经书店还是黑店!正经书不卖一点儿,乱七八糟的东西就往我们家孩子包里塞!你们这是抢钱啊!同一本书,卖给我们家孩子十一本!十一本!"

女人气势汹汹、双眉倒竖,脸上腻着白汗——不知道是防晒还是粉底,全被汗冲了。她头发不长,微曲,大概是染烫后掉色了,发根乌黑、发尾焦黄,已经被汗水浸透了。

她样子有些狼狈,气急败坏的那种狼狈。

贾妈一向好脾气,他不急不躁地给女人递了把纸扇说:"老师儿,您歇口气,有什么事慢慢说,大中午的,您再中了暑。"

"我还歇口气?我还怕中暑?我没被气死已经谢天谢地

了!"女人一把将身后的女孩拽出来,恶狠狠地指着女孩鼻子,"说,这些书,是哪个王八蛋卖给你的?"

女孩被拽了个趔趄,后腰狠狠撞在电脑桌上。那桌子被撞出去些许,桌脚摩擦地面发出尖锐的一声响动。

女孩低着头,凌乱的头发半遮着脸,看不出表情,只能瞅见一段紧抿的唇线。她没吭声,头都没抬。

女孩个儿不高,很瘦,看起来也就十四五岁,穿着的那件白色短袖衬衣,正是隔壁初中的校服。

这女孩小舒见过,不,准确地说,这女孩,小舒常见。

她是泉城路新华书店的常客。这小一年,几乎每天午休,她都会来看会儿书,遇到十分喜欢的,就存在吧台,等会员日打折时一起买走,每个月最多买两三本。

收银的谭欣曾说这女孩为了买书,常常不吃午饭。

小舒不明白,一个要省下午饭钱买书的孩子,怎么会反复买同一本书?

女人抓起桌上的书,砸得桌子砰砰作响,说:"叫你们经理来,我今天必须要一个说法!你们要是不给我一个说法,她学也别上了,你们书也别卖了!"那是一本《无声告白》。

不大一个事儿,闹得书店里不安生。读者们已经开始往畅销书这边聚拢。

被小舒称为"方老虎"的经理方林闻讯赶来,她迅速通知了谭欣,招呼大家一起到书吧坐下聊聊。

女孩终于开了口,说:"书是我自己买的。"

谭欣也一脸无辜,说:"可不是嘛,这孩子前前后后买了十几本。我当时还奇怪,孩子说喜欢这本书,就想买。方经理,这事儿不能怪我,顾客拿钱买书我还能不卖吗?"

女人马上急眼了,说:"怎么不能不卖?她才多大?再说了,你们卖的这是什么书?开篇第一句话就是什么死了活了,就不怕教坏青少年吗?这种垃圾书,你们必须下架!"

"老师儿,您先冷静一下。咱们书店买书自由,不存在强买强卖,也不能囤货不售。新华书店各个店的书,都是全市总店统一配货的,下不下架我个人说了也不算。我可以跟您保证,这本书内容上没有任何问题。您不相信我们,还不相信国家对出版的审核吗?"方林亲自泡茶,给女人倒水,"过几天,山大的陈教授还要来做这本书的领读活动呢,您也不相信咱们985、211大学的优秀教授吗?"

小舒可没这么好的脾气,她怼回去说:"是啊,我们也不能因为您上嘴唇碰下嘴唇说人家书有问题就下架啊。这本《无声告白》可不得了呢,2015年8月江苏凤凰文艺出版社出版,作者伍绮诗,豆瓣评分8.2。这本书一问世,就横扫各大图书榜,获得了几十项文学大奖。这书好不好,要不要下架,可不是您一家之言能决定的。"

小舒表情冷静,滔滔不绝。

女人气得脸色发紫,说:"我不管,退钱,下架!要不然我就打12345投诉你们!"

"我可真害怕,吓死我了。"小舒毫不客气地翻了个白眼。

"小舒!"方林低声斥责。

小舒无所谓地摆了摆头,说:"你们先谈,我带小姑娘躲躲子弹。"

（二）

> 父母越是关注你，对你的期望就越高，他们的关心像雪一样不断落到你的身上，最终把你压垮。

——伍绮诗《无声告白》

"你叫什么名字？"

"辛畅。"

"读初中吗？"

辛畅点头。

"隔壁十九中？"

辛畅仍旧点头。

小舒将辛畅带到畅销书区，又在书吧点了杯冷饮给她。辛畅垂着头，后背靠稳书架呆呆站着。她始终低着头，多一个字也不肯说了。

小舒看了她一会儿，决定不再打扰她，说："我就在那边，你有事就找我。"

辛畅没理她。她静静坐下，将一本沾了污渍的《无声告白》默默放在膝上。她木着脸翻开书，从书页里取出一张纸条。

纸条不大，上面用尖锐的红笔深深地写了一行字：

我是莉迪亚。莉迪亚死了。

辛畅不喜欢她的妈妈牟玲。

她已经不记得是从什么时候开始不喜欢妈妈的了。

辛畅的家在泉城路附近的一个老旧小区。不足四十平方米的老房子，陈旧、昏暗，乱七八糟的东西冗杂地堆积着，吃饭时餐桌上的东西要搬到床上，睡觉时床上的东西又要搬到餐桌上，促狭又拥挤，只有书桌是干净的。

但，这里与济南市的十九中只一墙之隔。

"畅啊，好好学习，妈就是拼了命，也得在这儿给你买上房！将来，你上十九中，考个好高中，上个好大学，谋个好前程。"

辛畅清楚地记得，从她上幼儿园起，牟玲每次带她来泉城路新华书店，但凡路过这个小区都会这么说。

"畅啊，妈说到做到，房子，妈给你买了，剩下的就看你的了！"

辛畅小学五年级时，他们终于搬进了这个狭窄、拥挤、昏暗的二手"新"家。辛畅不喜欢这里，但是牟玲却高兴得像个孩子。她说："站在阳台上就能听见十九中上课的铃声，那是铃声吗？那是希望的鼓点啊！"

辛畅曾经也觉得，她要起飞了，要变成白天鹅了，要像牟玲希望的那样，飞到很高很远的地方去了。

她想像牟玲希望的那样"飞"，但不是单单像牟玲希望的"那样"。

初中的课程要比小学复杂得多，高手云集的十九中竞争更激烈，更何况，辛畅原本就是个普通小学中上游的"丑小鸭"。

辛畅学得很辛苦，但辛畅知道她得好好学，她知道妈妈辛苦。

四十平方米的学区房，已经将家底儿掏得亏空，如今，还要加上辛畅的补习费。

牟玲学历不高，没什么本事，就靠着集市上一个不大的童装店起家，老辛偏又不争气，他永远不急不缓。牟玲就一个人拼命，白天看店，晚上出摊赶夜市，一米六几的个子，瘦得不到八十斤。

辛畅怎么能不心疼呢？她知道，她每一本习题、每一堂补课，都沾着妈妈的汗水。

可她永远有学不会的题目，永远有记不对的公式，永远达不到妈妈的要求。没完没了的作业，没完没了的补习，没完没了的压力。

牟玲每天都在耳边唠叨：

"辛畅，好好学，妈拼命供你。"

"辛畅，好好学，你得考上高中啊。"

"辛畅，你对得起妈给你买的这学区房吗？"

反倒是辛畅爸爸，永远不慌不忙，在楼下绿化带种不值钱的花花草草，"急啥"就是他的口头禅。

可是，牟玲就是急，辛畅也急。

好好学，考高中。

好好学，考高中。

好好学，考高中。

这是个魔咒，时时刻刻响在辛畅耳边。

可她只有十四岁，她也贪玩。她也害怕。她也想偷懒。

她唯一能做的，就是在午休的时候，躲在新华书店偷偷看一会儿书，在短暂的阅读中，寻求片刻心灵上的休憩。

她年纪不大，读书也没什么常性，常常看到什么就翻一点儿什么，后来学会了在畅销书架蹲豆瓣高分书，她看《一个叫欧维的男人》《亲爱的提奥》《解忧杂货店》，喜欢的便看得细致些，不喜欢的，便粗略地翻翻。

直到她看到那本《无声告白》。

封面上写着：我们终此一生，就是要摆脱他人的期待，找到真正的自己。

辛畅想：这是一本她愿意为之一直不吃午餐的书。

她开始攒钱，把午饭钱省下来买书。

她想将它们一本本带回家，放在枕头下、抱枕旁、厕所里、书柜中……这是她不为人知，又盼着人知的小秘密。

辛畅清楚地记得，期末考试成绩下来时，牟玲眼中的失望和厌弃。她几乎不用想，就已经知道牟玲会说些什么。

"辛畅，你这点儿成绩，对得起我吗?!"她语气里的失望、焦躁、贬低仿佛一座座大山，将辛畅瞬间碾压得一文不值。

"数学连110分都不到，就你这成绩，还想不想上高中啊？妈妈拼死拼活把你送到十九中，你就这么回报我啊?!"她气急败坏，五官几乎变形，扯住辛畅的手臂将她拽得趔趄，让她靠墙站着。辛畅知道，等着她的，将是一通没完没了、重复了一万次的长篇大论。

"你自己算算，今年这一学期，光补习班你花了多少钱？一个月小一万啊，辛畅！我跟你爸就差刷信用卡了！你就不想想这一万块钱妈妈是怎么挣出来的吗？妈拿命给你换学上啊，你还不用功！"

辛畅低着头，眼泪猝然砸在地上。

"你有没有心？在十九中这么好的学校上学，你还能考成这样！"

辛畅也没料到会是这样的结果。她真的努力了。除了每天中午半小时隐秘的休息，她连喘口气都不敢。可是，她连这半小时喘口气的时间都不配拥有吗？

她心中同样满腹委屈，说："我们老师说，这次题难，成绩起伏是正常的……"

"题难大家都难，成绩下降大家都下降，你整体排名也下降了怎么解释？整整十名！你自己看看，你历史、地理、生物、政治，死记硬背的科目没一科是进步的！"

辛畅无言以对，牟玲说得对，她就是退步了。

可考试的目的不就是为了检验学习成果吗？有不会的题目查漏补缺学会它不就好了吗？为什么考不好就是对不起全世界？

这话辛畅不敢说。她委屈极了。

"我也不想啊。"辛畅哭了，"我已经很努力了，我也很累……"

"你累？你有脸说累？妈妈为了你，每天三点出门进货，半夜收摊回家，我不累?! 我累死累活为了谁？还不是为了让你有个好前程！你要考不上高中，这一辈子就完了！就你这成绩，我要是你，我出门找棵树撞死！"

牟玲尖锐的声音好像一根刺扎进辛畅心里，她心里疼极了，偏又一句话都说不出来，她不知道她能说什么。

每次都是这样。

错的永远都是我。

家里买房子是为我。

开店挣钱是为我。

辛苦卖命是为我。

为什么是我？是我逼着你去挣钱的吗？是我求着你要上补习班的吗？凭什么都要压在我身上啊？

"对不起，我谁都对不起。"辛畅仿佛要被压垮了，成绩压不垮她，但牟玲的话可以。她不想哭，但眼泪却完全止不住，"为什么天天这么逼我啊？难道考不上高中，我的生命就没有意义了？我活着，就为了考高中吗？"

辛畅十四岁，正是说大不大、说小不小的年纪。她以为她忍无可忍终于说出了心里话，可这些话在牟玲耳中，却是字字锥心。

"你不考高中怎么办？咱们买这房子，上十九中，不就是为了考高中上大学吗？辛畅，你就是个白眼狼啊！"牟玲也哭了。

那一刻，辛畅忽然想起了那本《无声告白》，想起了里面那个被妈妈的殷切期待逼得走投无路、溺水而亡的"莉迪亚"。

她挣脱了牟玲，从枕头下翻出一本《无声告白》，她一边歇斯底里地哭着，一边把书捧给牟玲，说："我是个白眼狼，妈，我不就是一回没考好吗？您饶了我这回行吗？您别说了行吗？妈，你看看这本书，你看看这个女孩怎么死的，你也想逼死我吗？"

牟玲从未见过辛畅这样子，做母亲的是听不得这个"死"

字，更何况，这个字从她年仅十四岁的女儿口中说出。

牟玲仿佛见了鬼，她一把打翻辛畅手里的书，巴掌几乎落在辛畅脸上，说："我不看！"

"你看！"

辛畅双拳紧握，她单薄的嘴唇死死抿着，含泪的双眼一眨不眨地盯着牟玲，随即转身又在书柜里翻出一本，无比殷切地看着牟玲说："妈妈，你看。"

"你就整天看这个能考好才怪！"牟玲夺过书，再次砸在辛畅脸上。

"不是，我不是！"辛畅不管不顾地推开牟玲，她在不足四十平方米的房子里跌跌撞撞地翻找，书柜里、沙发靠背后、餐桌旁、厕所里，她将书一本本递给牟玲，又被牟玲一本本砸在身上。

辛畅连躲都不躲。

就像一场对决。

最后，辛畅跌坐在地上，她哭得喘不上气来，死死抱着自己书包。好久，才慢慢从包里又拿出一本。

牟玲要气疯了。或者说，她觉得她的女儿疯了。

她脚下全是散乱的书册，一本是另一本的复制，全是《无声告白》。

"辛畅，你疯了！"

辛畅看着牟玲，苦笑着摇头，她双手捧着书包里翻出的那本书，缓缓地递向了牟玲，说："妈，我没疯。我买了这么多本，就是想让你看见……"

牟玲目瞪口呆地看着满脸是泪的辛畅，怒火熊熊燃烧，她缓缓伸出手去，捏住了辛畅手里的书。这一次，辛畅下意识握住了书册，她松手的那刻，书被牟玲扬出去，书页中夹着的纸条纷纷扬扬地落了一地。

好多纸条。

辛畅抬起头，她看到纸条上那些尖锐的用红笔写下的句子：我是莉迪亚，莉迪亚死了。

牟玲也看到了，她的双眼瞬间被刺痛了。

她弯腰捡起那些纸条，气得眼前发黑。她站不住，颤抖着蹲在地上捡起一本书。翻开，第一章，第一句话：莉迪亚死了。

"这就是你让我看的书？"她抬头看着眼前一地的狼藉，忽然就疯了，"辛畅，你跟我走！"

牟玲不可能事无巨细地将她与女儿的事情全都说给别人听，可即便只讲了大概，她还是后悔了。

因为，她拿出了辛畅写的那些颜色鲜红、笔触尖锐的纸条。

牟玲心里有一点儿懊恼，更多的是愤怒。她将纸条掐得很紧。她短短的指甲透过纸张掐进肉里，在指腹上留下了深深的痕迹。

"我畅儿是个好孩子，是你们的书不好。"牟玲争辩。她似乎还想发火，嘴唇抖了两下，眼泪却掉下来了，"我容易吗？我这个当娘的容易吗？我不要脸面的吗？大中午的这样闹，可为了孩子啊，我有什么办法，我不是怕孩子出事嘛！不是你们的孩子，不是从你们身上掉下来的肉，你们不害怕！你们这么大个书店怎么能卖这种书？怎么能这么欺负人？"

方林无比庆幸她刚才把小舒支开了，要是小舒在，一定会回怼这位牟女士说:"您自己把孩子逼成这样,反倒赖人家这本好书?"

但方林不会这样说话。

方林沉默了一会儿,招待牟玲喝茶,好半天才缓缓地问:"您看过这本书吗?这本《无声告白》,讲的其实是亲子关系,很有教育意义……"

方林还在组织语言,牟玲的情绪已经激动起来,说:"我不看!也不听你说这些无所谓的话!你们给我退书!把书下架!你们这书一天不下架,我就来闹一天,一个月不下架,我就来闹一个月!"

"老师儿,您要讲点儿道理好不好……"谭欣憋不住想说句什么,被方林拉住了。

"老师儿,只要您不满意,孩子买的书,我们全额退款,这是绝对没有问题的。但下架是真不可能,凭您怎么闹都不可能的。"

"这就是你们的态度?我孩子都成什么样了!"

"老师儿,孩子这样,真的不是书的问题。您也看到了,孩子也是想让您看看这本书的……"

"呵,对!不是书的问题,是我的问题!是我的问题对吗?你们可真行啊,倒打一耙啊!"牟玲气得手抖,说完这话就拿手机解锁,"我投诉你们!"

"老师儿,老师儿,您听我说……"方林赶紧拦着,她不知道要怎么才能说服牟玲,她只能尽可能尝试将矛盾在书店内部解决,不要闹到集团,更不要对"新华书店"的招牌造成不良影响。"老师儿,您听我一句劝。青春期的孩子,不能太戗着来,孩子愿意跟您沟通,哪怕是通过一本书来跟您沟通,都是件好事,怕就怕咱们做家长的不理解孩子,寒了孩子的心,孩子才……"

"才什么?"牟玲瞬间白了脸,她站起来,怒视着方林,"你吓唬我!"

眼看女人恨不能扑上来撕了方林,谭欣赶紧上前拦着牟玲说:"老师儿,咱有话好好说。咱们都是为了孩子好,我们家这么大老字号国企,还能害孩子吗?!"

"老师儿,您听我说,孩子愿意来我们家书店是对我们的信任,我们肯定高兴。这马上暑假了,您也怕她出事儿,不如让她免费来我们书城的自习托管和名师讲堂,到时候您也来参加咱们的亲子课堂……"方林补充道。

"我还敢把她放在你们这?你这是诚心害我吧?这一店闲书还不把她看疯了!她开学就初三了!不行!"

"老师儿,读书没有坏处。您多了解下孩子也没坏处。"谭欣说。

"呵,轮得着你来教训我?"

"老师儿,咱不都为了孩子好嘛。"谭欣仍耐心地劝说。

牟玲不说话了。

方林汗都要下来了,赶紧乘胜追击,说:"您先看看我们名师讲堂的师资和每周活动的安排。"方林找出相关资料给牟玲看,"您看,都是济南市的特级教师、省内的优秀教师。这位山大的陈教授,是省内很有名的教育学家,假期她有三次专题课,专门针对孩子学习动力、亲子关系这方面……而且,负责托管自习项目的是咱们书城的高才生严子龙,他是十九中毕业的,又读了名校的研究生。"

牟玲觉得自己被忽悠了。

辛畅也没想到事情会被这样解决。

"上午上一对一补习,下午来书店自习,周末参加名师讲堂。你别以为在书店你就能肆无忌惮地看闲书,开学我看你月考成绩,要没有明显提升,你这辈子都别想进书店了!"

辛畅没说话,连头都没点。

如果可以,她一辈子都不想再来这家书店了,她嫌丢人。

(三)

> 家庭,有时候会是一个以爱的名义设置的牢笼,其恐怖在于,门上无锁,你却不敢推门而出,只能咆哮地接受一切爱的安排,直到最后溺毙其中,或是被时间所离散。

——伍绮诗《无声告白》

牟玲没想到,从那天开始,辛畅就很少跟她说话了。

她房间的门似乎再也没打开过。

牟玲试着哄过,也吵过。大半夜,她将辛畅的房门砸得哐哐响,骂也骂了,求也求了,辛畅就是不开门。

"还沟通，书店那娘儿们忽悠我呢。这孩子明摆着就是跟我对着来。老辛，她能在屋里干啥？"牟玲又生气又担忧，翻来覆去地睡不着觉。

"就这么点儿房间，还能干啥？"老辛无动于衷地翻着手机。

"你就是个便宜爹！啥啥不管一点儿，要你有啥用！"

"女孩子长大了，心事重了，你管不了了，就别管了呗。"

"你说得容易！"

牟玲整夜整夜地睡不着，一闭上眼睛，眼前就是辛畅紧闭的房门和写满红字的纸条。她不记得自己有什么"青春期""叛逆期"，吃饱了、穿暖了、有学上，不比什么都强？怎么到了辛畅这里，就这么难呢？做娘的，拼死拼活把她生下来，辛辛苦苦拉扯大，怎么就成了仇敌？

辛畅并不恨牟玲，她只是单纯地不想说话，跟谁都不想说。她只想自己待着。

小舒是在新华书店后面的巷子里"捡"到辛畅的。

她出来买冷饮，正碰见辛畅戴着个黑色棒球帽窝在巷子里一个石凳上玩手机。

天热，人又多，辛畅一脑袋汗，T恤都湿透了。

小舒上去一把就掀了辛畅的帽子，说："畅儿！"

辛畅锋利的眼神在看到小舒后收敛起来，喊："小舒姐姐。"

"在这儿干吗呢，怎么不去店里？店里有空调，方老虎早就交代了，说假期你来上自习呢！走走走。"小舒将自己的冰柠檬水硬塞给辛畅。

"我不要，我不去。"

小舒盯着辛畅看了一会儿，笑得眉眼不见，说："畅儿你不好意思了是吗？没事儿，这个托管自习和名师讲堂本来就不收几个钱，项目是好项目，活动也是好活动，就是目前还需要积累人气。我们活动做得好，你可就是我们的活招牌啊！这可是互利双赢的好事儿，你小孩儿不大，心思别这么重啊。"

辛畅不说话了，小舒笑呵呵地把帽子给她扣回去，牵着她的手腕子把她领进了书店。

辛畅不想学习了，她对学习的兴趣被牟玲消磨殆尽了。

辛畅在新华书店待了半天，严子龙悄悄来找小舒，说："那孩子不学习，说不听。"

小舒圆眼睛滴溜乱转，说："放着我来。"

严子龙就拉住了小舒，又问："我听说她买了十几本《无声告白》？"

小舒眯了眯眼，说："你问这个干啥？半大的孩子，有小心思了。"她顿了顿，将柠檬水的吸管咬到变形，语气都低沉下来，"她……太渴望能被妈妈理解了。"

严子龙瞬间明白过来，轻轻地点了点头，说出了《无声告白》中的某个经典语句：她已经意识到，继承父母的梦想是多么艰难，如此被爱是多么令人窒息。

"辛畅是个聪明孩子。"

小舒点头。

小舒很喜欢辛畅，辛畅也很喜欢小舒。

辛畅不大爱说话，可小舒是个话痨，两人在一起，总也不会冷场。

"你最近，跟你妈咋样？"

"不咋样。"

"为啥？"

"累。"

"累啥？"

辛畅不说话。小舒把一杯冰柠檬喝尽，杯底冰块摇得哗啦响。

"她自己就不是出类拔萃的人，还天天逼着你出人头地？"

"嗯。"

"那望子成龙，望女成凤，也没什么错。"

"我可谢谢她了。"

小舒忍不住笑，说："你看过那个笑话没？世上有三种笨鸟，一种是先飞的，一种是嫌累不飞的，最讨厌的是第三种——自己飞不起来，就在窝里下个蛋，要下一代使劲飞。破壳之前，咱们不就是那个蛋嘛，哈哈哈哈。"

"你是，我不是。"

"我就是个凤凰蛋，我觉得我还挺骄傲的。"小舒笑完，难得正经了一瞬，"畅儿啊，要是你爸妈对你一点儿期待都没有，不管你多努力，他们只会说，嗨，无所谓啦，反正鸡窝里也飞不出金凤凰，这么拼命干什么……"

辛畅瞪了眼，说："他们期不期待，是他们的事。"

小舒跟辛畅说起了《无声告白》。

"我刚看《无声告白》的时候觉得自己挺无知的，我还以为，期待子女实现自己的理想这种事，只有我身边才有。看了那本书才知道，原来，人类的感情，是共通的。"

辛畅停下笔,抬头看了小舒一眼。

小舒耸耸肩,说:"我说得不对吗?玛丽琳期待莉迪亚成绩优异,实现自己做医生的梦想,詹姆斯期待莉迪亚人缘绝佳弥补自己成长中备受排挤的伤害……结果呢,硬生生把莉迪亚逼得找不到自己了。莉迪亚一直不知道自己想做什么。"

辛畅沉默了一会儿,问:"你也喜欢这本书吗?"

"谈不上吧。我只是觉得,伍绮诗写了一件在中国习以为常、人人都在经历的事。中国传统的父母好像一直没什么界限感。父辈总喜欢把我们当成他们的附属和责任。他们那一代人,不讲自我讲集体,不讲个人讲家族,不讲个人梦想讲子承父业,非得把两代人的人生纠缠在一起,美其名曰传承……听得懂吗?这不是什么坏事,只是新时代的年轻人,越来越不喜欢被干涉了。"

辛畅似乎轻轻点了点头。

小舒也不在意,伸手暴力地撕开柠檬水的盖子,跑去书吧蹭一杯冰块回来。

"我爸妈是干园林的,我差点儿在家种地。啊,不是,种花。他们希望我能继承他们的衣钵,继续将园林事业干下去,发扬光大。但我不想。"

"然后呢?"辛畅一脸好奇。

小舒摊手,将一块冰块倒进嘴巴里咬得嘎嘣作响,说:"他们瞒着我把我的高考志愿改了。我爸说,他奋斗了一辈子,就是为了给我铺路,就是为了我的人生路能走得更好更稳当,我学园林的,资源、人脉都是现成的。可我不喜欢。做园林是他的人生梦想,不是我的。"

"然后呢?"

"我考上了,但我没去,复读了。我爸气得不行,我也没妥协。我说,您一辈子不能为了我活着,您努力只能是为了您自己不能为了我。我活着一辈子也不能只为了您,我的人生就只能我自己说了算不能是您。我爸伤心得大病了一场。"

"然后呢?"不等辛畅接话,小舒自己笑嘻嘻地接了一句:"没然后了,然后我就住校复读去了,选了自己喜欢的学校,学了自己喜欢的专业,毕业后找工作,来了新华书店。虽然我也不知道我能在这老牌国企干多少年,但目前我挺开心的,我不后悔。"

十四岁的辛畅不由自主地给二十四岁的小舒竖了个大拇指,说:"没想到你还是个叛逆王者。"

"不过,你觉得我现在成为真正的自己了吗?"小舒笑眯眯地反问。

小舒愣了一下,说:"你工作了,不用被他们管了,自己说了算了,不就是了吗?"

小舒摇头说:"也不全是吧。我现在过得好像也没那么好。我想做个背包客而不是打工族。我妈有时候说我,如果我听爸爸的,做园林工作,可能我能更快实现到处旅行的梦想,但我还是觉得,那不是我想要的。我要继续为我想要的东西努力。所以,要自由而辛苦,还是约束而舒服,得自己选。"

辛畅不说话了。

"辛畅,你知道自己想干什么吗?你想过吗?考高中、上大学是一条路,上职高、学技术是另一条路,这两条路,没有什么好与不好,都好,只是你要有自己的规划和选择。盲目听妈妈的，或跟妈妈赌气，都没有用，人生是你的。"

小舒的话，辛畅仿佛听懂了，又仿佛没有。她一个人抱着那杯热透了的柠檬水想了好久好久。

辛畅回家的时候，天快黑了。难得牟玲回来得早，她又去黑虎泉打了泉水回来，正努力往楼上拎。

辛畅其实很不理解牟玲喝泉水的习惯，但牟玲坚信喝泉水对身体好。

牟玲两手抱着水桶上楼，矿泉水桶比牟玲的腰身还要粗壮。激荡的泉水撞击着桶壁哐啷作响，仿佛随时要把她细瘦的身体拽倒。

辛畅疾走了两步，上前帮她托住水桶底。

"没事，妈拿得动，这点儿小玩意算啥，妈平时进货的包袱可比这个大多了。"牟玲抬头看见辛畅，仿佛这会儿，她才忽然发现，她的女儿辛畅已经比她还要高了。

那只看似细弱的手搭上来，牟玲立刻轻松了不少。

牟玲有点儿感动。

辛畅笑了，说："妈妈真厉害，我有被感动到。"

牟玲笑着骂了她一句，眼眶莫名湿了。

那天晚上，牟玲翻出了一本《无声告白》。

老辛多嘴追问了一句："你不是全都退了？"

牟玲脸有点儿红，说："退了不兴再买一本？"

她已经很多年不看书了，看起来有点儿困难，可她想看看，她想知道她女儿哭着求她看一看的书，究竟是什么样的。

（四）

> 一定是彻头彻尾地错了，才知道要重新来过。

——伍绮诗《无声告白》

辛畅没想到，牟玲又在新华书店丢了一次人。

她在陈教授领读的《无声告白》读书分享会上，跟读者们吵起来了。

方林亲自打电话邀请她参加《无声告白》的分享会，甚至还让辛畅带了一份纸质邀请书给她。

牟玲多少有点儿感动。她特意"牺牲"了一天的生意，打扮得十分得体来参加了这次读书分享会。她坦言她平时不读书，这次参加读书会是因为女儿喜欢这本书，她想通过这本书了解下女儿在想什么。

陈教授带头为她鼓掌。

事实上，牟玲并没有看完这本书，看了开篇几次又放下了。作为领读人，陈教授话并不多，她言简意赅地介绍了这本书，讲了故事情节：一个叫莉迪亚的女孩是如何死于父母的双重期待的。

她的讲述很客观，没有带任何个人色彩。然后，很快进入了讨论环节。

年轻人们个个化身为"莉迪亚"，成为被父母期待迫害的可怜人，又成为勇敢反抗"邪恶势力"，"捍卫自由"的卫士。

"我就是我，我不是任何人的附庸，为什么要我沿着别人走过的路走呢？学习的时候让我自己动脑子，说不能看答案，别人嚼过的馍不香，怎么走人生路就得沿着父母安排好的既定路线呢？"年轻的男孩有些激动地讲述自己与父母的抗争史，"他们让我学钢琴，我就是不学！我宁肯拿不到他们所谓的艺术加分，也坚决不学！"

也有年轻的父母笑着附和说："时代不一样了，孩子们的自我意识越来越强了，家长说了不算了。"

辛畅和小舒坐在外围围观，辛畅碰了小舒一下，说："这个钢琴男和你一样，爱抗争。"

小舒笑而不语。

这个时候，牟玲站了起来。她说："我没看过这本书，但我想问陈教授和在座的诸位一个问题，做父母的，究竟有没有资格对孩子抱有期待？"

她这个问题一出，会场倒是有一段短暂的沉默。随即，有人点头，有人摇头。

"我没考上高中，没上过大学。中专毕业找不到好工作，吃尽了苦。我就是盼着我女儿考高中、上大学、有个好前程。可现在，考高中多难啊，我就盼着她能上高中。"

牟玲这话让辛畅一下子紧张起来，她又来了！

"我一个做小买卖的，没什么大本事，就只关心这点儿事。"

不光升学难，择校也不行，复读也不行，考不上就只能上职高，可一旦迈进职高，再想考大学就基本不可能了……"

"怎么不可能啊？三百六十行，行行出状元，这话是白说的吗？"

"现在初中升高中，比考大学还难。真是一考定终身啊。"

"可有些孩子的确资质不行，上大学混个文凭有什么意思？学点儿技术，踏踏实实做蓝领挺好的，不比别人差。"

角落里传来的这个声音猛地戳到了牟玲，她根本没注意别人后面说了什么，噌地站起来，说："什么叫不行，什么叫行？我不承认我的孩子不行！"

刚才那个不愿弹钢琴的孩子比她反应还快，说："这位阿姨，我觉得您的女儿应该被您逼得挺惨，为什么人生非得只走上高中考大学这一条路？您为什么把上高中的执念强加在人家孩子身上？"

牟玲愣住了，说："那是我的孩子！"

"你的孩子也是人！她是她自己的！不是你的！"钢琴男不甘示弱。

一直沉默的陈教授出声制止争论，说："其实，第一名的孩子有第一名的路，最后一名的孩子有最后一名的路。每个孩子身上都有自己的闪光点，我们只要去挖掘孩子身上的闪光点，帮孩子找到最适合他们的道路就好了。不必非要逼着孩子走不适合她的道路，所谓因材施教是如此，万紫千红总是春也是如此。"

"是啊，我赞成陈老师的话，人生是孩子自己的，做家长的，得学着把主动权还给孩子。"钢琴男带头鼓掌。

"你们真是站着说话不腰疼。你们的孩子不用中高考吗？凭什么我让孩子好好学习，考上高中就不行了？"

牟玲这话一出，全场都冷了。

"不是不用上高中，是不用您逼着上高中。"钢琴男不冷不热地讥讽，"您连这点儿道理不明白吗？"

"就你这种不孝顺、忤逆父母的，还想教训我？畅儿，我们走，这地方以后你再也别来了，误人子弟！"牟玲掏出那张邀请函三两下撕得粉碎。

辛畅双手紧紧握拳，她看着牟玲的视线看不出是冰冷还是愤怒。牟玲愤慨地冲过来，牵住辛畅的手，辛畅冷冷地挣开，狠狠推了牟玲一个趔趄。

"妈，你真丢人。"

牟玲想都没想，抬手给了辛畅一个耳光。

众人急匆匆冲上来拦住牟玲，陈教授一把将辛畅抱进了怀里。

"好孩子，受委屈了。"

辛畅抬头看着她，豆大的泪水含在眼里。

牟玲走了，大家沉默了许久，话题难以继续，好好的一场读书会潦草收场，陈教授不放心这母女俩，特意给小舒留了电话号码，让她转交给辛畅。

那天晚上，辛畅没回家。

她是顶不屑离家出走的。但她不愿回家，她不知道回到家应该如何面对牟玲近乎扭曲的脸。她那么偏执。她不能接受自己的孩子不优秀。

夏夜的泉城路很热闹，霓虹遍布，灯光闪烁。可只要转一个弯,钻进狭长的青石板的巷子,就瞬间回到了"家家泉水户户垂柳"的老济南。

夜渐渐深了,繁华都褪尽了,只有沉静的街道慢慢地蜿蜒,夜色胶着在那些仿古的建筑上头,偶尔有一盏半盏的灯漫不经心地亮着,那些沉寂的阴影底下就都写满了故事。

辛畅一个人懒散散地走着,意外地走进了一条湿漉漉的小胡同。没有路灯,什么都看不见,只有墨色的垂柳极慢地摆,水声轻轻地响,空气湿漉漉的,一切都没有尽头。

那一刻,她忽然觉得:你曾经爱得那么深,怀有那么多的期望,最后却一无所有。

辛畅想:真的会是莉迪亚吗?在自己身边,还有多少像自己这样的"莉迪亚"呢?

她无比孤单地站在巷子的这头,听到了巷子那头咕噜噜的水声。她忽然明白,《无声告白》里的莉迪亚并不想自杀,她只是想要试一试,试一试躺到水里后,还能不能顺利地回家。

牟玲要疯了。

她觉得她被新华书店的人联合起来忽悠了,欺骗了,就连她一向乖巧的小女儿都被洗脑了。

她在家摔摔打打发了一晚上火,发誓等辛畅回来非得跟她算总账。

可是晚上十点多了,辛畅还没有回来。

她又气又急。

"离家出走"这四个字出现在牟玲脑海中时,她整个人都蒙了,大脑嗡嗡作响。

"长本事了啊，我不过是打她一巴掌，她就敢不回家……"她上一句还骂着，下一句就开始掉眼泪。

她打了无数个电话，直到辛畅关机。她才发现，她完全不知道辛畅有哪些要好的同学，平时喜欢跟什么人联系——女儿失踪了，她连个问的人都没有。

她心里越来越慌乱。到最后，她脑子里只有辛畅写下的那些小纸条，它们被无限复制了十倍、百倍、千倍，铺满牟玲的脑海，鲜红的字迹尖锐异常，纸张几乎都要被穿透了，她写：我是莉迪亚。莉迪亚死了。

死了。

牟玲抖着手去翻那本书，最终找到了迪莉亚死的那一章。

溺水。

"不会的，我的畅儿不会的。"牟玲使劲摇摇头，告诫自己不要瞎想，"只要找到畅儿，今天她喊我丢人我不怪她，她想看什么书我也不拦着，她考不考得上高中我也不逼她了。我何苦呢。老辛，我何苦呢，我苦了半辈子，我为了啥啊？"

牟玲和老辛把泉城路翻了个底朝天，逢人就问，手机都打爆了，还是没有辛畅消息。

牟玲站在马路边颤抖着说："别让我找着她，我打断她的腿！"她骂得狠，哭得也惨。

其实辛畅没走远。

她就在泉城路后面的鸭子湾，独自坐了很久。久到困了、累了、怕了，她回了家。

家里空无一人，过分冷清。

不足四十平方米的房子仍旧昏暗杂乱，惨白的灯光照着，闷热中生出一种沉闷,让人喘不过气来。

辛畅在屋子里站了很久,找到充电器给手机充电,给牟玲打电话。

直到接到了辛畅的电话,堵在牟玲心里的那些鲜红的小纸条才终于散去。

电话那边的辛畅并不说话,但牟玲知道她到家了。那一刻,她捂着嘴哇一声哭出来,蹲在马路边站都站不起来。她很想冲着手机大骂,可话到嘴边,又咽了下去。

她第一次觉得,济南的夜晚真寂寞啊,霓虹那么亮,行人和车辆却已经绝迹不见了。繁华和冷清交织在一起,有一种似是而非、似梦还真的不真实感。

牟玲和老辛赶回家时,辛畅的房门紧锁。

老辛要去敲门,牟玲难得拉住了他。

那一晚,牟玲一夜无眠,认真翻看着辛畅喜欢的那本《无声告白》。天蒙蒙亮时,牟玲红肿的眼睛才放下书。

老辛翻了个身,心疼地骂她:"你疯了吗,不睡觉看本破书?"

牟玲不理他,只无奈地捂着双眼长叹看不懂。

莉迪亚死了,溺毙于自家门前一片寂谧的湖——她死于母亲要她未来一定要成为医生的逼迫,死于父亲要她一定要融入人群的殷殷期望,死于哥哥逃离家庭、步入大学后的突然冷漠,死于初恋未成、学车无果……她死了,并非谋害,甚至不是自杀,不过是一场"逃离"引发的意外。

她看不明白,准确地说是想不明白。她们这一代人,谁不是这样在挣扎中长大的呢？谁不被父母施压？谁的家人对孩子没有期待？为什么自己这样做，女儿就这么叛逆？是不是自己真的做错了？

牟玲在床上躺了半天。

她想了很久，郑重其事地来到书店。她为自己之前在书店的言行道歉，也想请大家帮个忙，她想见一见陈教授。

（五）

> 一切的苦难都会过去，学会和自己和他人和解，放过自己也放过别人。

——伍绮诗《无声告白》

牟玲见到陈教授的时候，陈教授正在自习区陪三年级的儿子检查数学口算本。

"哎呀，皑皑今天进步了啊，正确率跟昨天一样，可我们用时减少了啊，速度快了是不是？这说明我们进步了！"陈教授的夸奖特别真诚。

"真的吗？那我明天继续加油！"孩子抿着唇笑了，眼睛里亮晶晶的。

牟玲不远不近地看着，心里不由得泛酸。他们这样的高才生，大概永远不会切实体会到孩子成绩不好的焦虑。

牟玲叹了口气，不知道今天是该来还是不该来。

陈教授已经看见了牟玲，她示意牟玲稍等，起身将孩子送往儿童阅读区。

牟玲迟疑近前。

皑皑的数学口算本还在桌上。

那本子上一片鲜红的错号。

牟玲只觉头疼，她抬头看见缓步回来的陈教授问："您脾气一直这样好吗？"

陈教授笑得无奈，说："说起来，我从小就被人称作神童，本硕博连读，丈夫也是在读博士，两口子资质都不差。按说，皑皑遗传谁都不会差对不对？可没办法啊，他的数学的确不好。但他对色彩很敏锐，每个孩子都有自己的强项，都有自己的发光点。"

牟玲又沉默了，她有一瞬的颓丧，说："还是不一样的。我给不了畅儿别的，只能让她拼成绩。陈教授，我那天的话不好听，我跟您道歉。可我真的觉得，学习是孩子最好的出路。"

陈教授沉默了。

"您说得对，学习，是孩子最好的出路。但孩子的未来不是既定的，也不是由我们做父母的划定的。得让孩子自己真心爱学，而不是做家长的催着、逼着，为了我们学。牟姐，您那天问我，家长有没有资格对孩子抱有期待，我的答案是肯定的。今天，我也想问您一个问题：为什么孩子们都那么讨厌被家长们期待？"

牟玲沉默了好久，说："畅儿的确讨厌我逼着她学习。"

"您说，我和我的先生都是从小出类拔萃的人，孩子回回数学不及格，天天被点名、请家长，我们难道就一点儿都不在意吗？其实，我也是想了好久才想明白的。我不能接受孩子平庸，不能接受孩子失败，归根到底，是因为我没有将他看作是一个独立的个体。是因为，他平庸标志着我不完美，他失败标志着我失败。可孩子不是我们的附庸啊，他的成败，跟我们没有任何关系。"

"怎么会没关系呢？教育不好她，是我失职。我只盼着她过得比我好。"牟玲紧紧握着自己的手指。

"是，养不教，父之过。教不严，师之惰。我们的确有教养子女的责任。为人父母，也都盼着子女过得好。"陈教授拿起一支笔，随意在纸上画了两道横线，"可是，我们给孩子设定了一个目标，然后把孩子一个人扔在了起点。我们呢，则站在终点摇旗呐喊、指手画脚、横加干涉——您看，不论是事实上还是行动上，我们都已经是孩子不可战胜的假想敌了。其实我们大可以站在孩子身后，让他们自己选择自己的人生道路，我们帮他们把把关、导导航、引引路、疗疗伤。"

陈教授的话，牟玲听得似懂非懂。她似乎听明白了，又似乎没听明白。

那母子俩离开了很久，牟玲还安静地坐着。眼前还放着那孩子错号遍布的口算本。

牟玲收到两条讯息，是陈教授发来的。

"尼采说：你要搞清楚自己人生的剧本——不是你父母的续集，不是你子女的前传，更不是你朋友的外篇。对待生命你不妨大胆冒险一点儿，因为好歹你要失去它。如果这世界上真有奇迹,那只是努力的另一个名字。"

"牟姐,辛畅是这样的,您也是这样的。她是她自己,您也是您自己。我们每个人都是最珍贵的自己。"

那一刻,牟玲的眼角湿润了。

是啊,我能给畅儿定几个人生目标呢?我也会老,也会无能为力的。

牟玲想:人生的道路她要自己选,征途的风雨她也得自己扛。

期待还是祝福,威逼还是助力?

牟玲坐着,天渐渐黑了。

路灯亮了。

她又翻开了那本《无声告白》。

图书在版编目（CIP）数据

书城故事 / 吕品品主编；那澜，李润著. —济南：山东文艺出版社，2022.10

ISBN 978 – 7 – 5329 – 6539 – 7

Ⅰ.①书… Ⅱ.①吕…②那…③李… Ⅲ.①短篇小说—小说集—中国—当代 Ⅳ.①I247.7

中国版本图书馆 CIP 数据核字（2022）第 004626 号

书城故事
SHUCHENG GUSHI

吕品品 主编　那 澜　李 润 著

主管单位	山东出版传媒股份有限公司
出版发行	山东文艺出版社
社　　址	山东省济南市英雄山路 189 号
邮　　编	250002
网　　址	www.sdwypress.com
读者服务	0531-82098776（总编室）
	0531-82098775（市场营销部）
电子邮箱	sdwy@sdpress.com.cn
印　　刷	山东新华印务有限公司
开　　本	890 毫米 × 1240 毫米　1/32
印　　张	9
字　　数	190 千
版　　次	2022 年 10 月第 1 版
印　　次	2022 年 10 月第 1 次印刷
书　　号	ISBN 978 – 7 – 5329 – 6539 – 7
定　　价	49.00 元

版权专有，侵权必究。如有图书质量问题，请与出版社联系调换。